Nunca entres por Miami

Roberto Quesada

Aeropuerto Internacional de Miami
Queens, New York, dos semanas después
Pájaro que canta
La profesora Dina
Meseras y meseros en tránsito
Amor de lejos
De tú a tú
This is New York City
Cópiame Mucho
Oscuridad
Hágase la luz
Miami para principiantes
La Estatua de la Fecundidad
Oscuridad
Redescubrimiento del teléfono
Así se bate el cobre
Ventana al infierno
La caída del Mito
Un agujero en la cicatriz
Sombras nada más
El debut de Elías
Reciclar es la Ley
Elogio de la Basura
La Danza del Boleto
Aeropuerto Internacional de Miami
John F. Kennedy (Aeropuerto)
Náufrago en busca de salvavidas
Si el amor fuese una corriente literaria
Consejo Inolvidable de O. Henry

*"... una ciudad no era sólo un
montón de ladrillos y argamasa poblado por
determinado número de habitantes, era algo con un
alma
característica y definida, un aglomerado individual
de
vida, con su propia y peculiar esencia, con su aroma
y sentimientos..."*
O. Henry
The Voice of the City

Aeropuerto Internacional de Miami

Control, control, controlarme. Sí, ésa es la palabra que me salvará. Las palabras salvan, son divinas las palabras, rescatan. Pero a veces también hunden. Hablar poco, lo necesario, o callar. El silencio no es tan sabio como se cree, a veces una palabra oportuna supera al silencio. No debo mostrar nerviosismo. Es la última prueba, la decisiva, la última puerta para entrar a los Estados Unidos. Esta fila es larga. ¡Cuánta gente! ¿Cuántos pasarán, digo, pasaremos? ¿Cuántos serán detenidos, deportados? Estar aquí es como estar o no estar. Es como To Be or not To Be. Debo practicar, así mentalmente, mi inglés, este poquito que sé puede salvarme. Otra vez la palabra puede salvarme pero en otro idioma. ¿En qué idioma serán más importantes las palabras? Debo concentrarme en practicar mientras la fila avanza, practicar la pronunciación, porque si digo Two beer or no Two beer, lo más probable es que no me dejen entrar por borracho. Tengo mis documentos en orden. Mi visa está clara, me parezco al de la foto, soy yo, sí, éste soy yo. Nada es falso. Todo lo mío es legal. Legal, ésa es la palabra que salva. Me preocupa más que nada este maldito renglón: "El hecho de poseer esta visa no le garantiza que usted puede entrar a los Estados Unidos". ¿Cuál sería la razón por la que no me dejarían entrar? Documentos en orden, carta de invitación. No tengo antecedentes penales en mí país ni en ningún otro. Y lo más importante es que soy apolítico, no apocalíptico. Helena se morirá de alegría cuando le cuente que estuve en Miami. Su Miami del alma. ¿Qué tendrá Miami que hay tantos que se enamoran de ella? Ha de ser bonita. Es una pena que sólo esté en el aeropuerto, pero para un artista dicen que lo mejor es Nueva York. Ya pronto veré Nueva York. El momento más difícil aseguran que es éste: pasar inmigración. Tengo todo en orden, no traigo aguacates ni gallinas ni perros ni mantequilla ni cajas de cartón ni nada que se prohíba pasar. ¿Este par de esculturas que cargo en la maleta han de causarme problema? No, porque son mías, es arte. El arte aquí ha de pasar sin ningún problema porque éste es un país desarrollado donde dicen que el arte se respeta. No, creo que cumplo todos los requisitos de los que entran con la frente en alto. Ahora voy... Es mi turno. Desgracia, me tocó esa malencarada, tiene cara de perro. Cállate pensamiento, deja de pensar que aquí pueden tener tecnología para leerle la mente a uno y adiós Nueva York. Deportado por decirle cara de perra en la mente a una agente de inmigración.

—How long do you plan to stay in América? —le pregunta la agente de inmigración sin mirarlo a los ojos.

Él titubea frente a aquella cara de disgusto. ¿Cómo podía tener más poder que él aquella diminuta gorda, de lentes, con una trompita de pequinés, que le examina la foto como con rayos equis? La enanita pecosa levanta los ojos y los estrella en los de él hostigándolo en busca de una respuesta.

Él se atreve:

—I'm sorry. No English.

Hojea el pasaporte de atrás hacia adelante, página a página, como buscando el cuerpo del delito y ella misma traduce su pregunta:

— ¿Cuánto tiempo piensa quedar en América?

Quisiera contestarle con el texto de una canción romántica latina: "Toda una vida pasaría contigo...", pero ese rostro pecoso e intimidante está ahí cumpliendo su objetivo, aterrorizando a los recién llegados. Sabe que tiene que dar un número de meses; el máximo de la visa son seis y el mínimo nada. Decir seis puede representarle la deportación. ¿De qué vivirá todo ese tiempo? Decir menos, dos semanas, es quizá ponerse él mismo una trampa, que le sellen el pasaporte por dos semanas y tenga que salir en esa fecha o descender a la miserable condición de ilegal, algo que en ningún momento le ha cruzado por la mente.

—Seis meses.

— ¿Cuál ser la razón de su viaje?

— ¿Visitar a mi familia? —lo dice con toda la rapidez posible como para que no le entienda, como para que no caiga la otra pregunta: "¿Quién es su familia?". ¿Qué contestaría? No tenía a nadie. Tendría que decir mi familia, mi gran familia: todos los González, los Pérez, los López, los Martínez, los Ruiz, los Fernández...Toda mi gran familia latinoamericana, ¡jodido! Depórtenme si esta gran familia no vive aquí. Afortunadamente a la agente no le importaba quién era su familia sino cosas más terrenales:

—Mostrarme su boleta para regresar a su país.

—No tengo. Me lo comprará mi familia cuando ya me toque regresar.

Cerró el pasaporte como una puerta por donde jamás entraría el sello que necesitaba:

—Nadie poder entrar a América sin su boleta de round trip.

— ¿Sin qué?

—Sin boleta para regresar a su país. Había que ampararse en algo, intentar convencerla o convencerse a sí mismo de que los perros son los mejores amigos del hombre, hablarle con los ojos a aquella carita de pequinés a ver si se compadecía:

—No lo compré porque no tengo una fecha exacta para regresar. Quizás esté menos tiempo del que pensaba, o tal vez me compre un auto y me vaya por tierra.

La agente abre el pasaporte. Elías siente la misma sensación de cuando Helena se negó por mucho tiempo a abrir las piernas y luego sin previo aviso las abrió como una invitación. Pero era diferente la historia de la agente y la de Helena: en el caso de Helena él tenía la ventaja de ser dueño y señor del sello, mientras que la agente lo había dejado sin puertas y sin sellos, y lo que era peor, sin llaves. La agente, página por página, más minuciosa que antes, va revisando el pasaporte. Él siente el golpe en el rostro de cada puerta que se abre. El infinito pasaporte, tan largo como las novelas antes de la era de la televisión.

— ¿Haber estado en América? —le pregunta la agente con las piernas abiertas.

—Sí —se apresura él antes de que las bisagras le anuncien un nuevo portazo.

— ¿Cuántas veces?

—Tres.

Ella ve el pasaporte de par en par:

—Aquí no dice.

—Este pasaporte es nuevo.

—Mostrarme su pasaporte anterior.

—Lo dejé en mi país.

La agente acuesta el dedo índice entre las piernas y entrecierra la puerta. Elías suda, siente que por ese hueco tan diminuto no tiene cabida el sello:

—Aquí no dice que antes haber estado en América. Aquí decir que ésta es la primera vez. Necesitamos viejo pasaporte. ¿En qué trabajar usted?

——Soy escultor —expresa casi con orgullo, con la ilusión de que la magia del arte también sirva para cruzar aduanas.

Ella queda pensativa, parece rumiar la palabra para que le salga perfecta:

— ¿Escalator? —Dice en inglés—. Extraño trabajo, no sé qué ser exactamente escalator.

Elías se desespera, no quiere que cierre la puerta dejándolo afuera. Gesticula, se abandera en el lenguaje corporal:

—Soy escultor —ya cuando el índice de la agente se está retirando de la parte de en medio del pasaporte, cuando desde la puerta apenas queda un tragaluz, se le ocurre algo genial—...Yo soy Leonardo da Vinci.

Por primera vez la máquina de revisar pasaportes tiene una reacción humana, se sorprende:

— ¿Sentirse usted bien?

Sudoroso, como desatándose una telaraña del rostro, Elías contesta:

—No... no, no soy DaVinci... Mi trabajo es similar. Entonces ella se quita la máscara de humana; ha comprendido y vuelve a su estado normal:

—Oh, yes, comprende... "Escultor." Espere aquí —retira el índice de entre las piernas y el golpe con el que se cierra el pasaporte no queda ahí sino que va a dar una vez más al rostro de Elías quien, ya desanimado, empezando a inventar una razón heroica para explicar a familiares, amigos y enemigos el porqué de su deportación, se dirige a la sala que le señaló la enana, a esperar junto a otros el final del juicio.

Cuando ya había encontrado la paz que produce la resignación y le daba por encontrar ese hueco que todos necesitamos para escaparnos de la realidad y hundirnos en el refugio del sueño, oyó su nombre distante como suponen los mortales que se escucha el llamado del purgatorio. Su nombre se le apareció en los tímpanos, débil, transparente y elástico; le caía al oído despacio, letra por letra, como desprendido de un cuentagotas: Elías Sandoval. No podía ser a él a quien llamaban porque el otro Elías que recién había salido de su país era todo optimismo e ilusiones de triunfo. Era un nombre de acero inoxidable. Lo regresaban del escape como si dormirse significara traspasar la aduana por otra dimensión en la que los documentos están de sobra. Se despertó por completo y en milésimas de segundo todo en su cerebro volvió a su sitio: el aeropuerto de Miami, la larga espera, y ahora él levantándose de su asiento para enfrentar a un nuevo agente. Algo le dijo que valía la pena intentarlo de nuevo con ese agente porque se veía una persona diferente de la carita de pequinés. Este era elegante, muy bien parecido, se plantaba como lo hacen quienes están orgullosos de sus facciones, de su cuerpo y hasta de su yo interno.

— ¿Cuánto tiempo piensas quedarte? —le preguntó en perfecto español.

Elías sintió la frescura que nos regala estar en el extranjero y de pronto escuchar a alguien que hable nuestro mismo idioma:

—Seis meses.

— ¿Cuánto dinero traes?

—Mil dólares.

—No es mucho para seis meses.

—En Nueva York tengo familia, casa y comida. No tendré mayores gastos y además...

—Enséñame los mil dólares.

Esa auditoria no la sospechaba Elías; afortunadamente, encontró una respuesta a mano que sintió satisfactoria:

—Gasté en el aeropuerto de mi país, en la zona libre. Compré regalos para mi familia en Nueva York.

— ¿Cuánto dinero tienes?

—No creo que llegue a quinientos.

—Muestra lo que traes.

Sintió que la última puerta se le venía encima como una lápida. Decidió terminar con la mentira y con su viaje:

—En verdad soy escultor. Me compraron una escultura en Nueva York y me la pagarán ahora que regrese. En este momento sólo tengo ochenta dólares.

El agente expulsó un poco de aire con la boca contraída como quien va a silbar y negó a un lado y otro con la cabeza:

—Con ochenta dólares no puedes vivir ni una noche en Nueva York.

—Tengo familia en...

—Ve a sentarte, hablaremos cuando llegue nuevamente tu turno.

—Creo que he perdido mi vuelo.

—Sólo te puedo dar visa por un día.

—No quiero un día, prefiero que me devuelvan a mi país.

—Ve a sentarte.

Había pasado una hora, la más larga de su existencia. Elías se encuentra en el túnel que comunica a la vida con la muerte. Es un túnel con vida propia: puede ser tan largo como uno no pueda imaginar y tan corto que puede cruzarse en menos de un segundo. Quien está en él no teme a ninguno de sus dos extremos, sino al túnel mismo. La desesperación lleva a escapar por alguna de las dos salidas, independientemente de dónde se vaya a salir y de acuerdo con la proximidad del extremo en que se encuentre. Ésta es la petición: si se está más próximo al extremo de la muerte, se implora porque el doctor de la muerte se compadezca y le aplique la eutanasia; en cambio, si se está en el otro extremo, se le pide a Dios que no se lo lleve a uno todavía, que le dé un poco más de tiempo para poner en orden las cosas inconclusas. Elías está en la peor parte del túnel, en el centro. Desde ese centro se incorpora y grita:

— ¿Me van a enviar de regreso a mi país o veré a mi familia en Nueva York? He perdido un vuelo y perderé otro. ¿Qué he hecho para que me tengan aquí? No soy un asesino, no soy ladrón, soy simplemente un artista. Es increíble que esto pueda suceder, ustedes envían a quien les da la gana a mi país. Los hemos dejado que instalen más de veinte bases militares. Han hecho para ustedes y sus guerras tres aeropuertos. Los protegimos de los rojos... y yo que soy un inofensivo artista no puedo entrar aquí. ¿Dónde está la tan afamada democra...

El agente le interrumpió el discurso:

—Ya, cálmate, estamos viendo qué podemos hacer por ti. Tu caso es delicado —le da dos palmaditas en el hombro y con un gesto lo llama a encontrar la paz perdida. Luego, con otra señal le pide que lo siga y entran a un cubículo.

El agente se sienta frente a una computadora y le ofrece el asiento de enfrente:

—Nuestro país siempre ofrece trato preferencial a los artistas, pero, por supuesto, los artistas a que me refiero son aquellos que ya hayan sobresalido en varios países, que posean una biografía distinguida, que hayan destacado. ¿Imagínate que esa preferencia fuera por igual? No nos alcanzaría el país para tanto artista que anda por el mundo y que desea vivir aquí.

—Sí, lo sé. Como también sé que a otros con obra de muy buena calidad y trascendencia se les ha negado la entrada.

—Claro, no podía ser de otra manera. Si tú detectaras que un enemigo tuyo va a entrar a tu casa, ¿lo dejarías entrar?

—No.

—Bueno, es lo mismo con los países. Sólo que el caso tuyo no es político. Es asunto de que así son las leyes; no puedes entrar sin boleto de regreso.

Elías, ingenuamente, como para que el agente olvidara la historia del boleto, le preguntó:

— ¿Usted es cubano, verdad?

El, revisando el pasaporte, lo miró por encima de los anteojos:

—Cubanoamericano.

—Ha sido una tragedia lo que ha pasado en Cuba. El agente fingió sorprenderse:

— ¿Qué tragedia? ¿Hubo algún huracán, un terremoto?

—No, el asunto político, eso de los rusos...

—Soy apolítico.

—Pero se trata de su país.

—No es mi país, nunca he ido, no lo conozco. Yo nací aquí, quizá sea el país de mis padres pero no el mío.

—Pero su español es muy bueno.

—Claro, mis padres son personas cultas. Este es el castellano de ellos.

—Cómo han de haber sufrido sus padres para salir de allá.

— ¡Sufrir! Mis padres no, acaso mis abuelos. Mi abuela sobre todo. Ella se casó muy joven con mi abuelo, y desde que en la primaria descubrió que Cuba era una isla no pudo vivir en paz. La enfermedad le creció con el paso de los años. La idea de vivir en un lugar rodeado de agua la martirizaba. Ésa fue la razón por la que mi abuelo, en cuanto la situación económica se lo permitió, salió de la isla, y, por supuesto, el lugar más próximo era Miami. A mi abuela le gustó Miami, pero igual le hubiera gustado cualquier lugar que no fuera una isla.

—Creí que era por política...

—En este pasaporte no dice que antes has estado en este país.

—Pero sí he estado, créame, tres veces.

— ¿Dónde?

—En Nueva Orleans.

— ¿Haciendo?

—Exponiendo mí obra.

—Aquí no dice.

—Pero sí en el viejo pasaporte.

—Es una lástima que no lo hayas traído, tal vez así hubieras podido entrar.

— ¡Es increíble!

— ¿Qué es increíble?

—Que ustedes manden miles de soldados, tengan bases militares, aeropuertos en nuestro país, y uno que es un artista no pueda entrar al de ustedes.

—No es cuestión de política, es la ley. Además, ustedes pidieron que mandáramos a los marines.

— ¿Quiénes? Yo no.

—Tu gobierno.

—Soy apolítico.

El agente lo mira como quien ofrece la última oportunidad:

—Muéstrame los ochenta dólares.

—En verdad son sesenta.

El agente mueve la cabeza de un lado a otro:

—Eso no es dinero.

—Es difícil obtener dólares en mi país, pero, de verdad, me pagarán dos mil dólares por una escultura en Nueva York.

— ¿Quién?

—La comunidad de mi país en Nueva York.

— ¿Qué clase de escultura?

—Un busto. Es un busto de Francisco Morazán.

— ¿Quién es ése?

—Es un héroe centroamericano, del siglo pasado, quien luchó por la unidad de Centroamérica como una sola nación, para que fuera grande y poderosa.

—Eso es política.

—No, es mi trabajo.

—Pero es política. La política siempre está presente.

—No conmigo. Hoy hago a Morazán, pero si mañana me piden hacer un busto de Hitler, igual lo hago. Siempre y cuando me paguen, por supuesto.

—Está bien que seas apolítico, que te preocupes por tu trabajo, pero tampoco debe ser uno tan cínico. Este país peleó contra Hitler. ¿Traes alguna muestra de tu trabajo?

—En mis maletas...

—Fotos...

Elías sacó un pequeño álbum de su equipaje de mano:

—Esta es la de Morazán.

—La mayoría son bustos.

—Ésa es la gran demanda en mi país. Todos quieren tener su propio busto en casa.

—En Nueva York es diferente.

—También tengo otro tipo de...

—Sí. Lástima que no hayas traído tu pasaporte viejo —dijo el agente sin convicción.

Elías intuyó que la puerta se estaba abriendo por la magia de una llave inesperada, que bien podía ser la afinidad del agente con los artistas o el puro deseo de dejarlo entrar:

—Busque mi nombre en esa computadora. De seguro allí estoy. El agente hace como que va a teclear, luego se arrepiente y se quita los anteojos:

—Te dejaré entrar. Nunca más vuelvas a venir sin boleto de regreso...

—Perdí mi vuelo.

—Ve a las oficinas de la aerolínea en que viajas para que te resuelvan ese problema.

—Gracias.

— ¿Cuánto quieres que te dé?

Elías titubea:

—Seis meses.

La puerta está de par en par y sobre ella se acerca a estrellarse el sello. A Elías el momento le parece eterno. Recuerda las piernas de Helena y él en su entrada triunfal. El agente le devuelve el pasaporte:

—Que tengas suerte en Nueva York.

—Gracias, muchas gracias.

Queens, New York, dos semanas después

A sus dos semanas en Nueva York era como un cachorro que no imagina siquiera que algún día podrá abrir los ojos. Falta de todo: boca para hablar en otro idioma, ojos para verlo todo, oídos para poder distinguir entre tanto ruido qué ruido pertenece a qué. Y valor para balancear el miedo que se viene de vez en cuando como preludio de tormenta. Mario le extiende un mapa del subterráneo y Elías se interna en aquel laberinto de líneas, letras, números, todo como una canasta de jeroglíficos. Es impensable para él que un día logre aprender a andar solo. Se siente como un niño que ensaya el caminar, que da dos pasitos, ríe, se tambalea y al borde de la caída aparecen dos brazos adultos que lo rescatan y felicitan. Él es ese niño pero sin brazos adultos o ese adulto obligado a ensayar a ser niño.

—Es tu segunda semana en Nueva York, ¿qué te ha parecido? —le pregunta Mario mientras pega el mapa en la pared para que él lo vea a diario y se familiarice con esas rutas imprescindibles para navegar por la gran ciudad.

—Es fantástica; me da un poco de temor.

—Es sólo al principio; después te acostumbrarás.

—Me quedan diez dólares —dice casi sin decirlo Elías, casi con la vergüenza del que descubrió que ése no es número, que apenas servirá para unos dos pedazos de pizza y un refresco.

—Urge que consigas un trabajo. Déjame hablar con los amigos.

—Sí, necesito un trabajo y conocer gente del arte. Tengo que mostrar mi obra. Después de lo que sufrí en Miami para entrar a este país, que no sea por gusto.

— ¿Sufrir? Eres exagerado. No es para decir sufrir así como tú lo dices, ¿cuentas que el segundo agente era amable?

—Pero me humilló.

—No creo.

—Claro que sí, me dio una clase sobre ética artística, me dijo que no fuera cínico al decir que hoy podía hacer un Morazán y mañana a un Hitler.

— ¿Por qué lo dijiste?

—Por aquello del capitalismo. Creí que lo sorprendería al demostrarle devoción por el dinero.

—Eres ingenuo. Olvidaste que era cubano; ellos, aun en contra de su voluntad, llevan a Martí en las venas.

—Y a Fidel...

Mario lanza una carcajada:

—Ni en broma se te ocurra decir eso. Esa puede ser la peor causa para tu deportación a otra vida. El agente te salió muy listo, ¿eh? Eso te pasa por subestimar a todo el mundo. El que saliste como ignorante fuiste tú.

—Lo sé, pero no es motivo para risa —murmuró Elías con una sonrisa triste.

—Claro, para ti no. Para mí y para otras personas que lo escuchen sí. No es para menos; el ilustrado escultor fue aplastado por un agente de inmigración. Esta vez con pura inteligencia.

Elías tomó el control del televisor y lo encendió:

—Lo importante es que me dejó entrar.

—Quizá se debió a que no te creyó nada de lo que le dijiste, excepto que eras artista. Se ha de haber dicho para sí: "Tanto indocumentado analfabeta que hay, uno más no aumenta el número y éste por lo menos sabe leer".

Mario rió pero Elías no encontró el chiste:

—Por supuesto, tuvo su precio. Sufrí.

Mario levantó la cabeza desde su cama y, prestando atención al televisor que Elías cambiaba de canal en canal sin volumen, replicó:

—Eso no es sufrir. Imagínate a los que apalean en las fronteras, a los que se comen los tiburones, o a los que están en las cárceles sin que sus familiares sepan de ellos.

Elías abandonó el control y dejó el televisor en cualquier canal. Buscó los ojos de Mario:

—Mi sufrimiento tiene la misma dimensión que el de ellos. Mario se sentó de un tirón en la cama:

— ¡Por favor, más respeto para las víctimas!

—Existen diferencias; la gente que padece lo que dijiste es gente sin educación, analfabetas, sólo pueden sobrevivir a través de la fuerza bruta. No es justo que uno deba padecer lo mismo que ellos. Nuestro sufrimiento es superior porque nos hieren las cosas sutiles.

Mario quedó boquiabierto antes de poder decir:

—Pregúntale a Hitler si había diferencia entre judíos cultos e incultos; pregúntale a Mao si hubo diferencia entre un sembrador de arroz y un intelectual. ¿Sabes qué? Nunca más vuelvas a hacer un Morazán o un Bolívar, ni nada parecido; dedícate a hacer Hitlers en serie. Si yo hubiese sido el agente de inmigración no sólo no te dejo entrar sino que te meto preso.

Elías hizo un rostro condescendiente:

—Ya, ya, es sólo una conversación. Estás poniendo como ejemplo el sufrimiento de los judíos, ¿y qué pasa? Actualmente ellos tienen poder en este país, ¿y qué? Olvidaron su padecimiento; ahora quieren hacer ni más ni menos lo que Hitler hizo con ellos. No hay evolución. Lo que te hicieron ayer a vos, mañana se lo haces vos a otro.

—Estás exagerando, no es lo mismo la problemática de inmigración de hoy que el genocidio de Hitler.

—Es lo mismo; es cuestión de dejar que los hechos continúen como van y verás que sólo la táctica, la estrategia, el cómo hacerlo ha cambiado. El fin es el mismo. La mujer bajita daba terror. Debo reconocer que el agente cubanoamericano fue amable.

—Sí, pero no lo llames sufrimiento.

— ¿Qué otra cosa puede ser?

—Tengo fe en que Nueva York te enseñará a sufrir.

— ¿Me estás deseando mala suerte?

—No, sólo que no debes comparar esa nada que te pasó con lo que le pasa a quienes realmente son humillados y abusados cuando los capturan o los deportan.

— ¿Quién tiene la culpa? Mira México, país tan grande, tan rico, y deja que sus hijos sean apaleados y humillados por cruzar la frontera a buscar un bocado de comida. Es culpa también de los gobiernos ladrones que nuestros países han tenido y siguen teniendo. No hay conciencia de nación. Y en cuanto a lo otro, no te contradigo, pero lo que sí sostengo es que el sufrimiento del intelecto es igual o quizá peor que el padecimiento físico.

—Te lo voy a valer como un tema filosófico, pero no es el momento de hablar de filosofía. No debes quejarte; estás de suerte. Una mentira es suficiente para regresarte.

—Me aterrorizas. La idea de regresar no sé por qué me aterroriza.

— ¿Tan mal la estabas pasando allá?

—Ni siquiera es eso. Lo que sucede es que algunas personas nacimos en los países equivocados. Mira cómo algunos que nacen en grandes ciudades buscan vivir en la selva o en países pequeños y se quedan a vivir de por vida ahí. Otros somos a la inversa. Aunque sé que vivir del arte es difícil en todas partes. Pero vos sos un ejemplo de que se puede vivir...

—No creas todo lo que ves. Trabajo part-time en un laboratorio, hago fotos comerciales los fines de semana, bodas, cumpleaños, ¿me entiendes? También hago fotos para un pequeño periódico de Long Island, y cuando me queda tiempo me dedico a lo que me gusta: la fotografía artística.

—Sí, entiendo. Allá ni eso se puede.

—Sí, claro, de todos modos es mejor que allá.

—Yo también voy a lograrlo, voy a comunicarme con gente del arte, buscar un trabajo y traer a Helena.

—Ya me extrañaba que esta noche no hubieras hablado de ella.

—Es que es tan bella... Me ha hecho creer en el amor.

—Ya, no te me vayas a poner cursi que me da vergüenza porque así pensaba yo en un tiempo. Oye, los latinos sí que somos impredecibles. A una edad somos terriblemente cursis y pasamos de ello a convertirnos en absolutamente cínicos, donjuanes.

Elías ya no escuchaba; se escuchaba:

—La traeré lo más pronto posible.

—Suena bien, pero no es fácil.

Elías corrió el zíper del sleeping bag y se tendió en él:

—Muchos han traído a sus mujeres.

—Y muchos las han dejado plantadas. Ni una carta les han vuelto a escribir.

—Sí —dijo en medio del bostezo—, yo sé de un caso.

—Es más de un caso —Mario se enrolló en la sábana—, ¿y Helena quiere venir?

—Claro, ése fue el acuerdo. Ella sueña con vivir en los Estados Unidos, a pesar de que nunca ha salido del país.

—Primero tienes que instalarte bien.

— ¿Se podrá hacer algo con la escultura?

—Aquí todo es posible, se necesita talento y suerte. Conocer gente de las artes no es difícil; latinos, por supuesto. Es en su mundo donde primero debe uno ingresar, después ya puede ir aspirando a meterse al mercado anglo. En fin, mejor pregúntale a Botero —Mario se acomoda en señal de que se está rindiendo al sueño.

—Sé que no querés asustarme y por eso me lo pones fácil.

—Nadie dijo que era fácil, pero tampoco alguien dijo que era imposible. Te ayudo con lo que esté a mi alcance, y una cosa es pasarte mi secreto: no desesperarte. Para vivir aquí en Nueva York, bueno, y en cualquier parte del mundo, lo importante es soñar. Soñar que vas a llegar a ser alguien; mientras no lo realizas, suéñalo, igual se disfruta. Yo, por ejemplo, me sueño en revistas como *Life, Times, Art News* o en revistas europeas de prestigio. Aunque sé que a lo mejor eso nunca va a suceder, mientras lo sueño lo disfruto y mientras lo disfruto trabajo para que crezca la posibilidad de que suceda, pero si no sucede, me agarrarán setenta años soñando y moriré feliz, como en un sueño.

Elías fijó los ojos en el mapa del subterráneo:

—Si Helena está conmigo puedo soñar. Tengo que traerla.

—Esto lo dices porque acabas de llegar, después terminarás casándote con la Green Card.

— ¿Cuál gringa?

—La Green Card.

Elías, también cediendo al sueño, sonríe y, como para sí, dice:

— ¿Quién será la griiin-ga?

La voz de Mario se escuchó en el techo del sueño:

—Te toca apagar la luz.

—A mí no me molesta dormir con la luz encendida. Las agonizantes palabras de Mario llegaron cuando ya todo estaba a oscuras:

—No seas haragán...

Pájaro que canta...

Canta en el baño, después del baño, en el dormitorio, en la sala, en el balcón. Canta a cada rato y quien canta sólo tiene dos opciones: está recién llegado o quiere irse. Ella nunca, fuera de cuando vino a este mundo, había sido recién llegada, así que sólo podía cantar por la necesidad de irse. La gente se va con el canto. Quien está en una prisión sabe que puede escapar hasta donde su canto llegue. Si el canto traspasa los barrotes él ya no está ahí sino que anda donde anda su canto. Los recién llegados cargan con otro tipo de canto: el canto que quiere llegar hasta donde lo que dejaron, el canto que, de alguna manera, los acerca más a aquello de lo que no quieren distanciarse.

Pero también existen cantos divididos como el de Helena: tiene la fortaleza del que quiere irse, pero a su vez quiere dejar un eco sonoro para lo que va a abandonar, en este caso, a su mamá. Se desespera por seguir a Elías, pero cuando mentalmente cae al lado de él se siente desesperada por caer de un salto al lado de su madre. Entonces, si cierra los ojos y piensa en uno y otro, su vida se convierte en constantes saltos; por eso se sobresalta cuando se va quedando dormida. Al cantar subconscientemente une los saltos, no necesita saltar para estar en todas partes o, por lo menos, en las dos partes donde desearía estar: con su hombre y con su madre. En ese orden, porque ése es el orden que ella les da en su mente cuando quiere sentir la sensación de estar con uno y sin otro.

Helena va saliendo del baño con su toalla en la cabeza como aprendió en las revistas. Le gusta esa idea de parecer de revista, más de revista que de película. La gente de película no le gusta porque se acaba al apagar la pantalla y queda enrollada en una cinta de un casete, mientras que la gente de revista está siempre ahí, aun cuando la revista esté cerrada; se encuentra más al alcance.

Se detiene cantando frente al espejo de la sala para revisarse las cejas. Les pasa un examen que cualquiera podría creer que se cuenta los vellos como quien se prepara para un concurso radial de preguntas insulsas: ¿Cuántos pelitos tiene usted en las cejas? Pero el teléfono irrumpe y su canto se despedaza en un breve silencio de duda y emoción. Finalmente contesta, y es justo la llamada que tanto esperaba. Se lo dijo la intuición, no necesitaba escuchar su voz. Es lo suficiente analítica para darse cuenta de que la pausa, luego un sonido *tic,* no es sino la señal de larga distancia. Se repite la pausa y luego aparece la voz que esperaba diciendo aló. Es la voz del código 718 que llega hasta su código 504. La emoción no la deja responder de inmediato. Ella también —como los teléfonos— necesita su pausa. Desde el código 718 se repite la voz y por fin sale la respuesta desde su número:

504: Elías, ¡qué sorpresa!, cariño, creí que nunca ibas a llamar.

718: Helena, Helenita, amor mío, es como si te escuchara aquí mismo.

504: Tenía el presentimiento de que hoy llamarías.

718: Sí, no lo hice antes porque no conseguía trabajo. Ahora sí puedo pagar el teléfono.

504: Me imaginé que algún problema tendrías.

718: Sí, supuse que tú me entenderías.

504: ¿Dónde trabajas y por qué me tratas de tú?

718: Trabajo en un restaurante, pero esto es temporal, mientras me convierto en un escultor famoso.

504: ¿Es difícil?

718: No, qué va, es bonito. Te ves con mucha gente.

504: ¿Y qué tal llegaste? ¿No tuviste inconvenientes?

718: No, no, ninguno, todo estuvo...

504: ¿Y tuviste oportunidad de ver Miami?

718: No, estuvimos poco tiempo allí.

504: Ay, qué lástima, ha de ser triste pasar por Miami y no poder quedarse ni un día. 718: Bueno, estuve como seis horas.

504: Entonces sí puedo contar que estuviste en Miami.

718: Sí, es una ciudad muy bonita.

504: Cuando me vaya para donde vos voy a tener la oportunidad de quedarse aunque sea un día en Miami.

718: ¡No! Tú no te vendrás por Miami.

504: ¿Y por qué me hablas de tú?

718: Te digo que no te vendrás por Miami.

504: ¿Que-yo-no-me-voy-a-ir-por-Miami? Estás loco, mejor no salgo de mi país.

718: Te vendrás en línea directa a Nueva York. Verás que Nueva York es bella, grande, hay cosas tan bonitas. Es mucho mejor que Miami.

504: Jamás, nunca como en Miami.

718: ¡Yo me encargaré de que nunca entres por Miami!

504: ¡Te digo que no me trates de tú!

718: Te digo que vos no vas a entrar por Miami.

504: Entonces mejor mandas a traer a tu abuela —y Helena cuelga el 504 de golpe como con deseos de desbaratar el 718.

Al escuchar la caída del auricular la madre sale de su dormitorio a averiguar qué pasa. Helena solloza subida con todo y pies en el sofá, enrollada y abandonada como la cinta de una película que no desea volverse a ver nunca más.

— ¿Qué pasa, hijita?

—Es un ordinario —dice por toda respuesta y la madre busca con los ojos, levanta el auricular y se lo lleva al oído como si las llamadas nunca se cortaran. Se sienta al lado de la hija:

— ¿Quién, de qué hablas?

—De Elías, es un desgraciado.

— ¿Llamó? ¿Fue él quien llamó?

Con voz entrecortada Helena alcanza la difícil hazaña de pronunciar un sí.

— ¿Qué te dijo, querida? —Le pregunta la madre mientras le acaricia el cabello—. No ha de ser para tanto. Ella sostiene los murmullos del llanto por un segundo:

—Me trató de tú.

La madre se sobresalta, con expresión de horror se lleva ambas manos a la boca y por entre los dedos se le cuela la voz que inquiere:

— ¿De mí? ¡Te dijo "tu madre" el desgraciado! Helena sonríe entre el llanto como quien nada contra-corriente:

—No, sólo de "tú", me tuteó, que no me dijo "vos", pues. A la señora le vuelve el oxígeno perdido:

—Ay, Helenita, eso no es nada.

Helena se sienta y se recuesta en el hombro de su madre:

—Claro que sí, me hace sentirme lejos.

—Pero, cariño, ¿te parecen pocas cinco mil millas?

—No, lejos en el corazón.

—No creo, él te quiere.

— ¿Y quién le estará enseñando a hablar de "tú"? ¿Será alguna venezolana? Esas tienen fama de...

La madre la retira de su hombro:

—Ya, deja de hablar de la gente que no conoces. Ella vuelve a sollozar y a reencontrarse con el hombro de la madre:

— ¿Entonces por qué me trató de "tú"?

—Entendelo, cariño, es la sociedad la que lo obliga. De seguro que cuando habla de "vos" no le entienden y tiene que usar el "tú". Sus razones tendrá, a lo mejor es que si lo escuchan hablando de "vos" puede correr peligro si lo confunden con un argentino.

—En ese caso Elías tendría razón. Vi en la televisión que querían matar a un argentino. ¿Por qué será?

—Porque aseguran que ellos se creen lo mejor del mundo —dice la madre restándole importancia a su decir.

Helena abandona el hombro, apenas le quedan huellas de las lágrimas:

—Eso no debería ser delito, cada quien debe tener derecho a creerse lo que quiera, hasta los argentinos. Pienso que no es por eso sino por ese "vos" tan bonito que tienen, esa manera de decirlo, de arrastrarlo: "Cho crecho que hoy va a chover, piba". Eso es, es la pura envidia del "vos" argentino...

El teléfono pulveriza el diálogo y Helena se apresta a atenderlo diciendo: "Es para mí".

504: Cariño, perdona. Sabía que volverías a llamar. Hablé con mamá. Ella me explicó y ahora te entiendo.

718: Menos mal que no se puso de tu parte. Me alegra y me extraña.

La madre simula que se va para dejarlos solos; Helena la detiene con una seña.

504: Sí, te pueden confundir con un argentino.

718: ¡Qué! ¿De qué hablas?

504: De que me podes tratar de "tú". No me voy a enojar ya más.

718: No, perdón, yo creí que estábamos hablando de la petición que hice de que no te vinieras por Miami.

504: ¡Qué! ¡Estás loco, eso ni se discute! ¡Cómo que no voy a pasar por Miami! Ni lo soñés.

718: Mira, te contaré mi experiencia.

504: ¿Cuál experiencia? Es puro egoísmo el tuyo. Vos querés conocer más que yo. 718: No, Helena, no es eso. Es peligroso venirse por Miami.

A la madre le asusta la carcajada falsa de Helena.

504: ¿Crees que estás hablando con una tonta? Es primera vez que escucho a alguien cometer la estupidez de decir que Miami es peligroso.

718: Cariño, entiende, no entres por Miami.

504: Te pedí que no me trates de "tú".

718: Vos tenes que entenderme, Helena, no te venís por Miami.

504: Te dije que no me tutees.

718: No te estoy tuteando.

504: Sí, pero ese "vos" que estás usando no es el argentino. Y el argentino es el que a mí me gusta —y el 504 vuelve a caer con furia sobre el 718, que se queda sin oportunidad de ser escuchado.

La madre sabe a medias por lo que escuchó de un lado de la conversación que el tema no es exactamente el voseo argentino; sin embargo, lo utiliza como anzuelo para que Helena suelte la mitad de la conversación a la que ella no tuvo acceso:

—Hija, no lo obligues a decir cosas que no debe. Ya verás que cuando vos te vayas para allá vas a llamarme hablándome de "tú".

—O en el peor de los casos con el "vos" argentino.

—Entonces ponete vos en el lugar de él y entendelo. Helena se quita la toalla de la cabeza y camina hacia el espejo:

—Está bien, que me tutee, me voy a sentir miss Venezuela.

—Tutéalo vos también para que vayas practicando.

—Ujú —dice y se quita un gancho de pelo que sostenía con los labios—, yo creo que la lengua más importante de Nueva York es el tuteo puertorriqueño, el tuteo dominicano, el tuteo cubano, el tuteo sudamericano, y después, como quinta lengua, el inglés.

—Qué inteligente lo que has dicho, hija, la primera lengua es la que lo comunica a uno con los de uno.

—Sí, pero no es ése el problema —pone énfasis en la última palabra sin dejar de peinarse frente al espejo. La madre finge sorprenderse:

— ¿Qué pasó? ¿Te habló de otra mujer?

—No, nada de eso, yo confío en él.

— ¿Estás embarazada?

Helena se da vuelta frente a ella y se toca sobre el ombligo mostrando su figura alejada de la grasa:

— ¿Hace cuánto tiempo se fue Elías? Ya se me notaría, ¿no? Y por teléfono no se puede.

—Con la tecnología nunca se sabe —masculla la madre.

— ¿Cómo?

— ¿Que si crees que ya no estás enamorada de él?

—No, mamá, no. Es algo que no tiene nombre, algo terrible —da unos pasos hacia donde su madre y dejando de secarse el cabello continúa—; es lo peor que un ser humano puede hacer a su pareja. No tiene perdón de Dios.

La madre se asusta y se acomoda en el sofá como a esperar resignada el último boletín de prensa del presidente de los Estados Unidos en el que avisa que oficialmente se acaba el mundo:

—Confía en tu madre. Siempre lo has hecho.

Helena no puede, aunque lo intenta, contener el llanto:

—Quiere que cuando yo me vaya para donde él a Nueva York no pase por Miami.

La madre se levanta de repente y furiosa, más que decírselo a Helena, lo dice para sí:

— ¡Eso te ha pedido el canalla! No, no, Helenita... Eso es imperdonable. Cómo se atreve. Es increíble cómo puede cambiar un ser humano en tan sólo tres meses.

La profesora Dina

Dina, la madre de Helena, no había llegado a doña ni a señora porque prohibía que alguien la envejeciera prematuramente, tratándola de algún modo que no fuera su nombre. Para eso, más que nada, se había hecho profesora (lo que no era sino maestra de educación primaria pero, en su país, a cualquiera que enseñe se le llama profesor o profesora). Le podían llamar profesora que era una palabra neutral en cuanto a la edad: existen tanto profesoras jovencitas como ancianas. Ésa era la mejor función y lo que más agradecía de haber estudiado. En caso contrario, ¿con qué relevaría el doña o señora? Tendría que soportarlo sin protesta como hacían muchas. Y Dina andaba como Dina entre los de confianza y como profesora entre los demás. Aún era joven y quizás ello no le importaría tanto de no ser porque no había realizado el sueño de su vida: conocer Miami.

Entró a Miami por casualidades de la vida o, más bien, Miami entró a su vida porque ella no había salido de su país.

Tenía acceso a las revistas, programas televisivos, vídeos y fue gracias a esa escuela que la profesora Dina se convirtió en una de las personas más expertas en Miami sin haber estado ahí. En las conversaciones, sin proponérselo, humillaba a más de alguna esposa de un ministro o de equis personaje porque el tema imprescindible aparecía de repente y nadie como ella podía hablar de Miami. Conocía calles, edificios, aspectos sicológicos de los miamenses, joyerías, playas, hoteles. Con ella podía andarse paso a paso Miami. Incluso, sabía exactamente dónde estaban las casas de las estrellas de la música pop latina y de los presentadores de televisión.

Aun con todo no perdió la esperanza; le metió en la cabeza al marido que tenía que irse a trabajar a Miami y luego llevarlas a ella y a la niña, Helenita. Le costó convencerlo. A él ni en broma se le hubiese ocurrido idea tan descabellada como la de despedazar a su familia. Dina casi lo obligó poniéndole ejemplos de otros, sacándole en cara los atributos físicos de ella que bien pudieron pertenecer a alguno de los esposos de la clase alta. Ella había sido fiel, aunque más de una vez fue débil pensando en esas vacaciones en Miami que le propusieron en un par de ocasiones, pero desistió no por su marido sino por su ferviente fe en la religión.

Llegó el momento en que el marido no tuvo alternativa: la vida se le había convertido en un vía crucis. Vía crucis literal pues ella, adrede, sacaba los resortes del colchón en el que dormían y ponía los puntiagudos alambres de modo que cuando él se acostaba a dormir una siesta después de regresar de un trabajo demoledor, daba tremendo salto y alarido. Ella aprovechaba para decirle lo bien que vivirían si él no fuese necio y se fuera para Miami.

Tampoco la hija le hacía mayor caso. A través de las ficciones de la madre, Helenita se acostumbró a verlo en la distancia: en Miami.

Pues bien, el marido se fue para Miami, pero nunca más volvió a comunicarse con ella: la maldición de la Perestroika le había caído con todas las de la ley. Porque, para ella, si la Perestroika nunca hubiese existido, nunca las damas de la alta hubiesen dejado de considerarla una de ellas; pero con su llegada se acababa, aunque fuera en apariencia, la lucha de clases y así, entre ella y las de la alta, la brecha se abrió por completo.

No obstante todos los fracasos, estaba dispuesta a luchar hasta el final. No le importaba cuan laberíntica fuera la ruta para llegar a Miami, cuánto tuviera que esperar, las estrategias que tuviese que emplear. Al parecer, Helena era una de sus últimas cartas para sacudirse la Perestroika.

Meseras y meseros en tránsito

¿Qué significaba en su país trabajar de ayudante de mesero? Debía olvidar esa pregunta. En América Latina los trabajos hablan por la gente: un empleadito de banco, aunque gane una miseria, está por encima de un albañil o un mesero, aunque éstos ganen más que él. La vida no se mide en términos reales de cuánto tiene cada cual sino en vías ilusorias: quién aparenta más que los demás. Incluso los empleos pueden generar trifulcas. Una madre puede reprender a una hija diciéndole: "Terminarás casándote con un carpintero". La hija puede llegar a tal grado de ofensa que para vengarse y demostrarle que no es así se acuesta unos días con un carpintero y luego lo olvida, como si nada pasara. El carpintero también lo sabe y disfrutará esa aventura de la muchacha que le cayó del cielo durante unos días cada vez que se reúna con sus amigos de parranda. La historia se contará una y otra vez y cada vez será como si el carpintero volviera a hacer el amor con ella. La muchacha tratará de olvidar pero siempre evitará dirigir la mirada hacia las construcciones. Así que el único ganador es el carpintero, porque dentro de su filosofía proletaria todo lo bueno que se obtiene sin habérselo propuesto es ganancia, aunque sólo sea para que viva en su recuerdo. Al principio Elías limpiaba las mesas maldiciendo hacer ese trabajo, con lo que terminaba doblemente agotado. Agotado por el imparable correr de una mesa a otra; y agotado por la vergüenza de sentirse inferior, de verse como esclavo, imaginando que atendía a personas intelectualmente muy por debajo de su nivel.

Ese rencor hacia el destino fue agonizando a medida que conocía las vidas de sus colegas. Meseras bellas, egresadas de importantes universidades, a veces con más de un título; aspirantes a estrellas de cine; modelos; pintoras, de todo. Era lo mismo con los hombres. Y cuando les preguntaba si no sentían nada por estar donde estaban, ellos tenían a flor de labio la respuesta, que siempre era el ejemplo de una estrella de cine, de un pintor, un novelista o alguien por el estilo que pasó ni más ni menos por lo mismo que ellos estaban pasando. Así fue dándose a la ilusión común que invade a gente en circunstancias similares: todo es transitorio; lo mejor, y lo que uno es en verdad, aguarda a la vuelta de la esquina. Si de algo le sirvió aquello fue para por lo menos regresar a su apartamento con sólo un agotamiento.

Amor de lejos

Dina y Helena, concentradas frente a una telenovela, escuchan y se incorporan al unísono:

—Es él —dice la hija—, te dije que volvería a llamar.

—Déjame contestar a mí —sugiere la madre. Helena aprueba.

El 504 envía una voz fría:

504: Aló. ...:,:;

El 718 no percibe la frialdad porque tiene calefacción:

718: ¡Profesora Dina, qué bien que contestó usted! Helena no quiere entender.

504: ¿Qué es lo que Helena no quiere entender?

718: Que es mejor que venga en vuelo directo, que no pase por Miami.

504: ¿Por qué?

718: En Miami piden muchas cosas. Allí los de inmigración son más exigentes.

504: Déjate de cosas, Elías, yo no vengo naciendo. Los agentes de inmigración son iguales en todas partes, hasta en las películas. Si no cumplieran ciertos requisitos no les darían esos empleos. Ellos tienen que ser así, con caras de malos aunque en sus casas sean buenos. Ése no es pretexto para que Helena no se vaya por Miami. Deja de inventar. ¿Cómo vos bien que entraste sin problemas?

718: Porque yo tuve la suerte de encontrarme con un agente bueno.

504: ¿Qué es esa contradicción? Primero decís que todos los agentes son malos, y ahora decís que encontraste uno bueno.

718: Yo no dije que todos eran malos, lo dijo usted.

504: Ahora vas a acusarme de tratar mal a la inmigración estadounidense. Entiendo, esto lo haces con el objetivo de que si mi línea telefónica está intervenida me fichen y cuando intente yo ir o Helena también, no nos dejen entrar. Yo dije que tienen cara de malos, que no es lo mismo que decir que son malos.

718: Debe entenderme, profesora...

504: Todo menos eso. No voy a dejar que mi hija pierda el sueño que yo no pude realizar cuando está al alcance de la mano. Ella tiene que irse por Miami.

718: Nueva York es bella. Además, de aquí podremos viajar a Miami. Hasta la podríamos mandar traer a usted e irnos los tres juntos.

El 504 cambia la voz por una persuasiva.

504: ¿Mandarme a traer a mí para que visite Miami?

718: Sí, imagínese, profesora...

Helena se acerca al 504, logra medio escuchar lo que dice el 718 y aconseja:

—No te dejes chantajear, mamá, no dejes que te soborne. Trata de engañarte.

718: New York es lindo, profesora.

504: No, mi hija entra por Miami o no se va.

Helena le quita el 504 a la madre y grita:

504: Así que ya oíste, querido, me iré por Miami. Que no se te suba tanto el hecho de que vos estés allá. Suficiente te he permitido ya con el hecho de dejar que me tutees. Podes tutearme, pero lo de Miami no tiene negociación. Desde antes de que te fueras sabías que una de las razones por las que he deseado ir a los Estados Unidos, es por Miami. Si no es así, mejor me quedo en mi país.

El 504 cae como queriendo aplastar al 718.

Mario ve con enojo la cara desencajada de Elías:

— ¿Volvió a colgarte? Yo que tú no volvería a gastar un dólar llamando a esas viejas.

Elías abre el refrigerador y saca dos cervezas:

—Porque tú no sabes lo que es amar.

Mario toma la cerveza y la seca con una toalla:

—Bueno, entonces déjala que se venga por donde sea, ¡qué carajo te pones con traumas que no existen! No te pasó nada; no traías boleto y eso le sucede a todo el que no lo traiga, es la ley. Eso no va a cambiar entre por donde entre.

Elías se empina la lata:

—Mira, aunque te parezca latino cursi, me vine aquí motivado por la ilusión de que Helena y yo íbamos a vivir aquí y qué sentido tiene si ella no viene. Tampoco puedo regresar porque qué dirán si vine a la tierra de las oportunidades y voy sin nada y sin nadie que me espere.

— ¿Que te importa lo que digan? —Mario deja una pausa para un trago—. No todos los que salen de su país triunfan. Es el país de uno y uno puede regresar cuando quiera. Además, según lo que me has contado, es tu suegra y no Helena la que se muere por

Miami. A ti te interesa quedar bien con Helena; deja que la vieja se joda.

Elías sonríe:

—No está vieja, a ti te encantaría.

—Entonces tráemela que yo la hago que se olvide de por vida de Miami.

Elías lanzó una carcajada:

—Ni en broma aceptes ese reto. Nadie, ni el mejor equipo de sicólogos del mundo puede hacer desistir a mi suegra de no morirse si antes no visita Miami.

—No será para tanto...

—Bueno, es cuestión de conocerla.

De tú a tú

Desde hace muchos días la casa ha sido abandonada por el canto; no se permite ni el de la radio siquiera. El silencio de la sala se comunica con el de un dormitorio, el del dormitorio con el del baño y así por toda la casa. Cuando alguien habla las palabras llegan más tarde de lo usual a los oídos del receptor pues el silencio es tan fuerte que chocan con él, tienen que empujarlo como cuando un recién nacido rompe alguna membrana.

La madre, que es la optimista menos pesimista del mundo, trata de contagiar a la hija para que el canto vuelva, la motiva para que su autoestima se eleve al punto de pensar que es la más bella de todas las beldades y que Elías cederá más temprano que tarde.

—Escucha, Helenita —le dice.

Helena no contesta porque no ha oído, las palabras apenas pueden romper las membranas del silencio. La madre repite: "Escucha, Helenita" como para que unas palabras empujen a las otras y por fin lleguen a la hija. La membrana cede:

—Sí, mamá.

La madre la invita con la mirada a sentarse cerca de ella y con el periódico extendido lee:

—"Bellísima regresó de su shopping trip la primera dama de la nación desde Miami. Nuestra primera dama, aparte de sus compras prenavideñas, pudo también asistir a conciertos de distinguidos intérpretes latinoamericanos que residen en aquella gran urbe ya conocida como la capital de América Latina. También, por el bronceado de su piel podemos sospechar que la primera dama no perdió la oportunidad para disfrutar de tan cálidas y bellas playas. Fue recibida personalmente por el presidente de la República en el aeropuerto de esta capital ayer a las..."

Helena, llevándose las manos al pecho, mirando hacia arriba y recuperando la sonrisa, sueña:

—Yo también, como la primera dama, estaré un día en Miami.

La madre se regocija, cierra el periódico y lo lanza lejos de ellas:

—Claro que sí, cariño. Después podrás invitarme a pasar una temporada contigo.

—Temporada no, ni se te ocurra. Vendrás a vivir con nosotros. ¿Acaso crees que sería capaz de dejarte sola? No sé cómo voy a pasar más de un mes sin verte, ma. Eso me preocupa desde ahora —Helena cambia su expresión de felicidad a una de preocupación—. ¿Y quién se encargará de que nuestro viaje salga en los periódicos de aquí?

La madre ríe:

—No te preocupes, mi amor, de eso me encargo yo. Ya dejaré todo listo aquí.

—Sí, ¡qué lindo! Te imaginas el periódico: "Helena y su madre viajan a Nueva York...". La madre se asusta:

— ¡Nueva York!

—Sí, a Nueva York. Eso qué importa, ya estando dentro de los Estados Unidos es fácil viajar a Miami. Hasta podríamos convencer a Elías de que nos fuéramos a vivir allá.

A la madre le regresa la paz:

—Claro, eso ni dudarlo. Pero de momento no le des la idea, hija.

— ¿Qué idea, ma?

Las facciones de la madre se contraen:

—Has olvidado lo que nos hizo tu padre. Esa idea de que un hombre solo se vaya para Miami no es buena.

Helena también se preocupa:

—Mamá, quién sabe, a lo mejor está preso.

—Qué preso ni qué preso. Eso creería si al principio no nos hubiera llamado. Lo que pasa que los hombres en Miami sólo duran solteros poco tiempo. Dos meses es demasiado.

—Es que esas rubias —interviene, intentando apoyar a su madre—...

La madre se sobresalta:

— ¿Cuáles rubias? Por el contrario, eso pasa porque en Miami hay mucha latina.

—Pero las latinas van a buscar gringos...

—Sí, y a muchos les gustan. El problema es que no se pueden comunicar. Primero necesitan comprar un curso de inglés carísimo...

Helena asiente:

—Estoy entendiéndote.

La madre se pone de pie para dramatizar lo que va a decir:

— ¿Si vos pudieras reunir tres mil dólares en Miami lo invertirías en un curso de inglés?

—Nunca, primero lo multiplicaría para ver a cuánto sale con el cambio. ¡Qué cantidad, ma! No, no lo gasto, prefiero guardarlo en el banco, aunque me case con un latino. Por supuesto, guardarlo en secreto, que ni él sepa.

La madre sonríe:

—Ahora sí me entendiste. Por eso te digo, los hombres que tienen sus mujeres en sus países no deben irse a Miami ni a Alaska.

— ¿Qué tiene que ver Miami con Alaska, ma? Son climas muy diferentes.

—-Justo por eso: En Miami hay abundancia y en Alaska escasez.

— ¿Escasez?

—Estoy hablando de mujeres, Helenita —hizo una pausa—. Mira lo que pasó con tu papá; nos abandonó.

—Ha de estar con alguna venezolana.

La madre vuelve a sentarse:

— ¿Qué tenés contra las venezolanas?

Helena fingió ojitos de tristeza:

—No olvides, ma, hablan de "tú" y a los bobos de aquí eso los enloquece.

La risa de la mamá inunda la sala:

—No sólo ellas, también las puertorriqueñas, dominicanas, colombianas...

—Sí, pero es distinto. El "tú" de las venezolanas es más famoso. Han hecho más telenovelas y canciones con ese "tú". La madre queda pensativa:

—No había pensado en eso. De todas maneras, México no se queda atrás, a lo mejor es más famoso el "tú" de México... Cuántas películas, cuántas rancheras...

—Quién para saber... Mi papá a lo mejor...

—No me hables de ese enajenado —interrumpe la madre sin muestra de enojo ni rencor.

—Me gusta y te admiro porque lo insultas con palabras bonitas.

—Después de todo, es tu padre —se recuesta en el sofá y agrega—. Además, nosotras estamos en esta clase social por accidente, en realidad pertenecemos a otra mejor. Por eso debemos irnos, para recuperar nuestro estatus.

La membrana ha reaparecido. La hija sólo se escucha a sí misma:

— ¿Y si lo encuentro en Miami?

— ¡Dios Santo, no había pensado en eso!

— ¿Debo hablarle? La madre baja la voz:

—No te va a entender... Siendo como es de enajenado, ahora sólo ha de hablar inglés. Ha de haber olvidado el español por completo. Así son estos mediocres latinos...

—Mejor, así evito toparme con la venezolana ésa.

—Sos inteligente —apunta la madre, acariciándole el cabello.

—Gracias a ti, ma.

La madre se llena de felicidad:

— ¡Qué bien te quedó ese "ti"!

—No está de más que vayamos practicando. La madre la abraza y le da un beso:

—Tienes razón. Anda corazón, preparémonos desde ya... Consigue el remote control y pon un canal en inglés del cable tivi, pero antes apaga la light.

Ríen a carcajadas y ha dejado de importarles si el teléfono suena o no. Mientras cambia los canales, Helena tararea una canción.

This is New York City

El restaurante ha llegado a ser su segunda casa, tanto que al finalizar el día su cuerpo está cansado pero su mente no. Es parte de él ese restaurante, sobre todo porque lo han ascendido. Ya no es quien limpia las mesas detrás de los meseros, sino mesero. Ahora es a él a quien un mexicano recién ingresado al trabajo se le anticipa para que cuando él llegue a atender la mesa ya esté limpia.

Le gusta Laura, la mesera chicana, porque es bonita y optimista. No pierde la fe en que un director de cine llegará al restaurante, ella lo atenderá, a él le agradará ella y será justo el tipo de actriz que anda buscando para su nueva película. Le dará una tarjeta, Laura acudirá a la audición y será la elegida. A Laura también le gusta Elías, tanto que en los días de menos trabajo lo invita a salir, ya que a él todavía lo invade la timidez del extranjero. Y también por las noches, cuando cierran temprano, se quedan a comer y tomar unos tragos en el restaurante a puerta cerrada, mientras arreglan para el día siguiente. A ella le encanta estar cerca de él y defenderlo de una u otra broma grosera o auxiliarlo con el idioma.

El bartender es un rubio de melena larga, delgado, propenso al alcohol pero muy buena persona, aunque a veces malentendido por sus bromas. Al principio Elías lo maldecía mentalmente, pero ya se ha adaptado y también él lo embroma. Sin embargo, le diga lo que le diga, el rubio nunca se enoja, jamás se le ve perder el sentido del humor. Janeth es tejana, rubia también, de buena estatura y hermoso cuerpo.

—Bueno —anuncia el bartender y pide atención dando unas palmadas—, hoy nos merecemos un brindis. Corre por mi cuenta.

Mientras acomodan sillas, doblan manteles, ordenan adornos, ríen y hablan con el bartender, quien acompaña su voz con un concierto de vasos y copas chocando entre sí, él también limpia su bar.

Laura contesta:

—Siendo así, ve sirviéndome el mío. El de siempre —y, como siempre, quizá para justificar su trago, no obstante lo artificial que se le escucha, se lamenta de su vida—. Se cansa una de esperar en esta ciudad.

—This is your city. You were born here? —pregunta Janeth quien, aporreando una mesa con un azafate, captura la atención del bartender y le indica que le sirva también su trago.

—Sí —replica Laura acomodando una silla sobre una mesa—, pero es igual. Empecé trabajando como mesera con la ilusión de que algún director me rescatara y, mira, ya casi me siento más mesera que actriz.

—You need patience. Maybe your problem today is that you are tired.

—Sí, puede ser que esté cansada. Hoy sobre todo. Tal vez mañana piense diferente —se acerca al bar y se sienta frente a la barra.

—Sure—puntualiza Janeth.

El bartender se seca las manos en el delantal:

— ¿Y a ustedes qué les ha dado por hablar una en español y otra en inglés?

Laura se apresura a responder:

—Para que Elías vaya aprendiendo. Clases gratis.

El bartender busca con los ojos a Elías, quien batalla por arreglar una cortina y lo aconseja con su español de acento muy marcado:

—Mucho cuidado, Elías, nada es gratis in New York, remember...

—Ya, no le metas más miedo del que tiene —interviene Laura y con una pajilla comienza a agitar el hielo dentro de su vaso.

—A mí también servirme para practicar mi español; si no triunfo aquí, tal vez me dan un papel en una película mexicana. Necesito mejorar mi español, porque ahora con el Libro Tratado...

—Libre Tratado, Janeth —la corrige Laura.

—Thank you.

El bartender ríe:

—Elías también estar aprendiendo inglés. Aprender una palabra cada dos meses, es un buen récord...

—No te burles —bromea Laura—, que tu inglés no es tan bueno que digamos.

El bartender, sintiéndose acosado, procura desviar la atención hacia otro sitio:

—El español de Janeth no es tan...

Janeth lo interrumpe:

— ¿Y por qué meterme a mí en esto? Yo no he opinado.

—Yo sé más de una palabra, quizá cien —se defiende Elías, acomodándose también en la barra.

—Oh, that's great! —celebra falsamente el bartender.

—No te burles —le pide Laura, quien nunca, ni en fotos, ha visto alguna escultura de Elías—. Elías es un buen escultor y necesita aprender un poco de inglés porque va a tener una exposición.

—Yo voy ayudarte —secunda Janeth.

— ¿Exposición? —, el bartender se dirige a Laura—. No tiene ni cinco meses de haber llegado. ¿Tú se la conseguiste?

—None of your business —dice Laura por toda respuesta.

El bartender sonríe con picardía:

—No se aceptan romances en el trabajo.

Janeth le pregunta a Elías:

— ¿Mario tiene girlfriend?

—No, es soltero.

Laura y Janeth ríen en complicidad. A Elías le gusta esa risa de ella, le gusta que lo defienda. Ella le consiguió una exposición en una pequeña galería del Soho, lo que para empezar en Nueva York es bastante. El, con toda esa amabilidad, se siente comprometido, seducido. Pero la imagen de Helena lo limita a agradecerle fingiendo una timidez que nunca ha sido propia de él, sin saber que es precisamente por esa timidez que Laura se enamora cada vez más de él. Es bueno, según ella, toparse con alguien inocente en una ciudad en que la inocencia es, más que un pecado, un delito.

Cuando Laura se le acerca tanto, lo roza con unas nalgas latinas de las que a él siempre lo han desestabilizado, piensa en que Helena está lejos; en que su insistencia de entrar por Miami es una muestra clara de que lo que menos le interesa es él; en que con Laura tendría desde apartamento hasta la famosa Green Card. Y, sobre todo, que es una mujer de la que él, si no tuviese a Helena, se enamoraría fácilmente.

—Hay que poner música —propone Laura.

—Buena idea —opina el bartender y de inmediato cumple la petición, agregando—. Apúrense con sus tragos; ya les di el que iba por mi cuenta, ahora les voy a dar uno por cuenta de la casa.

El primero en extender el vaso es Elías, algo que al bartender, acostumbrado a estar pendiente de tantas cosas a la vez, no se le escapa:

—Mira al centroamericano. Todos los centroamericanos son borrachos.

— ¿Y tú dónde te dejas? —salta Laura—, ¿y los caribeños?

— ¿Y los mexicanos? —agrega Janeth.

— ¿Y los rusos? —Elías no quiere quedarse sin opinar—, ¿y aquí en este país? Este planeta es alcohólico, por eso nacemos con bazo.

El bartender y Laura ríen mientras Janeth parpadea como si con ello fuera a entender el chiste. Laura le ayuda:

—Cuando Elías dice que nacemos con bazo, no es a estos vasos que se refiere —alza su vaso para ilustrar—, sino al que tenemos aquí —se toca a un lado del estómago—, spleen, que es lo mismo que bazo en español, you understand?

Janeth no entiende pero ríe fingiendo entender y los demás fingen creer el fingimiento de ella para evitarse explicaciones.

—Va otro trago a mi cuenta, por el chiste de Elías —dice el bartender.

Ríen porque los tragos no van nunca a cuenta del bartender puesto que los paga la casa, pero de alguna manera sí van por su cuenta porque es quien administra el bar y, por tanto, quien decide. Se escucha una canción de Whitney Houston y a Laura le dan deseos de bailar. Toma a Elías de la mano y ahí mismo bailan. El bartender salta la barra y le dice a Janeth:

—Nosotros también tenemos que bailar.

Janeth ríe como lo hace una persona en la que la bebida comienza a hacer efecto. Elías toma por la cintura a Laura y siente que desearía tenerla desnuda así como la tiene, frente a él, cerca de él, recostada en su hombro. De repente se le aparece Helena y por primera vez siente que en verdad es lo que Mario lo acusa de ser: cursi. Se siente cursi y sabe que por alguna razón es estúpido ser cursi. Es tan tonto serlo como evitarlo.

Laura le propone que después de ahí vayan a su apartamento a tomar otras copas. Él busca un pretexto para no aceptar: se le inyecta un miedo inexplicable de que si se va con Laura dejará de querer a Helena. Y no sabe por qué pero tiene miedo de dejar de quererla, así como teme comenzar a querer a Laura.

Cópiame Mucho

Hay gente de verdad y gente que es copia. Existen más copias que personas reales. Las copias uno se las encuentra y son tan perfectas que a veces pueden confundirse con los originales. Y a veces se vuelve complicado distinguir entre un original y una copia. Pero, como en todo, se dispone de métodos para detectar las copias. Si una copia, por ejemplo, tiene un problema, éste no será problema si sabe la fórmula que le copió al original; pero, si no la conoce, se rehúsa a buscarle solución al problema. El original, en cambio, si sabe su propia forma de cómo vencer el problema, lo vence —y aquí es fácil confundirlo con la copia—; pero si no cuenta con la fórmula para solucionarlo, se queda ahí frente al problema, estudiándolo, realizando un análisis que haga posible la invención de la fórmula que acabará con él.

Entonces, entre original y copia la gran diferencia es que el original piensa y la copia no. Los niños son copia de sus padres hasta cierta edad; luego llega el momento en que toman conciencia de su triste papel de copia y tienden a rebelarse contra el original, buscando su propia libertad de no ser copia de nadie. La adolescencia es el periodo de tránsito en el que se puede detectar quién será persona y quién será copia. Hay copias que dejan de ser copias de sus padres pero se convierten en copias de un amigo o de una pandilla o de un amante. Por consiguiente, no han dejado de ser copia sino que se convierten en una copia infiel. La diferencia entre ambas es que la copia infiel engaña a sus progenitores haciéndoles creer que se ha convertido en original, cuando a la vuelta de la esquina existe otro original, para bien o para mal, con el que vuelve a quedar en su triste papel de copia.

Ser copia siempre es un peligro; es, ni más ni menos, el equivalente a ser un fanático de una secta, cualquiera que ésta sea. De no haber sido por la proliferación de copias en el planeta, Hitler nunca hubiese cometido el genocidio pues no habría hallado quien lo siguiera: las personas no siguen a nadie, sólo las copias. Sin tanta copia suelta, las expectativas de guerra serían siempre menos; no habría esos montones de soldaditos, especie de copiecitas verdes, dispuestos a empuñar el arma en el momento en que se los ordene su original.

Pero, a fin de cuentas, las copias son lo más inútil que pueda darse sobre la faz de la tierra pues, si no existiesen unos cuantos originales, ellas no se moverían siquiera del lugar donde aparecieron. Las copias añoran al original; sin él no pueden moverse, pasan a ser objetos inanimados.

Helena era la copia fiel de su madre, quien, a su vez, era una copia infiel de las damas de la clase alta. De tal manera, es explicable y hasta cierto punto comprensible que Helena conociera Miami tan bien como lo conocía su madre, así como que tuviese exactamente la misma necesidad espiritual de materializar sus sueños de pisar un día lo que para ellas era casi una copia del Paraíso. De hecho, si se les interrogase, es muy factible que afirmaran que el Paraíso es copia de Miami.

Elías no tenía ningún peldaño para poner un pie en la escalera de la esperanza en la que Helena accedería a sus peticiones de no irse por Miami. Ella podría prometerle algo que no se empeñaría en cumplir. Se sabía de sobra que la decisión ya la había tomado su original, su mamá, por desgracia ella misma una copia, una especie de copia mayor. Las copias harían todo lo imaginable porque él se sacrificara hasta que con el sudor de su frente lograran su objetivo: Miami. Él, menos que un esposo o un yerno, era considerado como una línea aérea. Lo miraban como miran los que sin mérito se acercan a mendigar un pasaje a una línea aérea haciéndose pasar por líderes comunales o culturales.

Existen originales para bien y para mal.

Un original para bien fue Jesucristo: la prédica de la igualdad de los hombres; su insistencia en la justicia; su afán de ponernos a todos como hijos de un solo Dios, su padre, lo hicieron superior, pues era tan de bien su original que no se ponía celoso al saber que su padre podía ser a la vez el padre de millones.

Entre los originales del mal se encuentran individuos como Hitler, quien predicaba la igualdad de los hombres pero exterminando a aquellos que no fueran iguales. Insistía en la justicia, pero para los iguales a él que quedaran después del exterminio. También tenía el afán de ponerlos a todos como hijo de un solo dios: él.

Elías no era original del bien ni del mal, pero por lo menos contaba con la ventaja de no ser copia. No tuvo oportunidad de ser original del bien ni del mal porque nunca fue copia, y ése es un proceso imprescindible. No se crió con sus padres sino con otras personas, a las que no podía imitar porque temprano se enteró de que no eran su original. Por lo tanto, creció combatiendo entre la posibilidad de convertirse en copia en cualquier esquina o continuar como un original un tanto pálido, casi al borde de poder ser confundido con copia.

Elías caía fácilmente en las redes de las copias por su condición de eterno original en ciernes. Una copia bien hecha puede superar, aunque sólo sea momentáneamente, a un original no desarrollado. Así que las copias le armaron la trampa de la aceptación de todas sus condiciones y él juró como un gladiador frente a César —Los que morirán por ti te saludan—, y decidió primero morir si no era capaz de reunir el dinero para que hija y suegra emprendieran el viaje hacia él.

Madre e hija rebosan de felicidad; canta una, canta la otra y también la radio. Un día antes Elías había llamado después de largas semanas de no hacerlo y ellas le lanzaron el anzuelo para que no fuese a suceder como con el padre de Helena, quien se perdió en el Paraíso.

La madre para de tararear la canción, baja el volumen de la radio y se dirige a la cantante:

—Cuéntame otra vez, ¿qué te dijo, seguro que no te lo has inventado, Helenita?

—No, así me lo dijo.

— ¿Cómo?

—Como te lo conté.

—Vuelve a contármelo.

Helena se para frente al espejo y se revisa el rostro:

—Ya no me tutees que a lo mejor no tiene caso, lo más probable es que no viajemos.

La madre contesta con firmeza:

—Claro que sí, de cualquier manera nos vamos.

— ¿Con qué dinero vamos a ir? Con lo caros que están los dólares.

—De alguna manera, ten fe en tu madre. Cuéntamelo todo. ¡Qué lástima que yo no estaba! ¿Por qué si no accedió estás tan alegre?

—Porque yo tengo la última palabra; existe una posibilidad, él llamará mañana y dependiendo de lo que yo diga, eso hará.

La madre la mira con malicia:

—Estás pensando lo mismo que yo. Helena sonrió:

—Creo que sí. Se puede renunciar a algo que se quiere hacer por unos días mientras se consiguen los

medios para que se realice ese algo y no es pecado,
¿no es cierto?

Oscuridad

— ¿Qué fue ese ruido? ¿Eres tú, Elías?

—Ujú.

— ¿No tienes sueño?

—U-u.

— ¿Tienes o no tienes sueño?

—No. Ni cigarrillos.

— ¿Entonces por qué no hablas sino que estás con ujú u-u? Eso sólo lo usan los que están por dormirse o no quieren hablar con uno.

—Perdona. Sí, lo sé. Pasa que pensaba.

— ¿En Helena?

— ¿Y en quién más?

— ¿Quién sabe? No vayas a decirme que no has conocido mujeres en el restaurante. Además, Laura te gusta.

—Ujú.

—O hablas o me callo, pero ni un ujú más.

—Espérate, vengo saliendo del pensamiento. Es delicado lo que estoy pensando, no se puede salir uno así de un tirón. Puedo quedar loco.

—Ya más... Desde que llegaste ni tan sólo un día has parado de hablar de ella.—Pienso un poco en su intransigencia, me molesta. Pero estoy pensando más en el arte.

— ¿Qué pasó con el arte?

—Visité con Laura varias exposiciones de esculturas. Y es triste.

—Pues claro. La escultura es un arte triste porque no se mueve.

— ¿Quién dice que la escultura no tiene movimiento? Claro que lo tiene, pero la buena escultura.

—Puede, pero tiene más movimiento la fotografía.

— ¡Qué va a ser! Depende de quién tome la foto.

—...Sí. Puede que tengas razón. Yo les he tomado unas fotos a unos tipos que parecen muertos y les ayudo, los retoco, les doy luz, color, una sonrisa y cada vez se ponen peor. Más muertos.

—Hay gente como muerta, ¿verdad? Yo conozco uno.

— ¿Quién?

—Tú lo conoces también, mi compañero de trabajo, el bartender.

—Sí, él se cansó de buscar la fama como actor y se dedicó a bartender alcohólico. Un novelista se interesó en la vida de él y luego se decepcionó; siempre era lo mismo: trabajar en la barra, hacer bromas y emborracharse. El escritor apenas lo mencionó en un par de capítulos. Era una vida sin ningún interés.

—Todos los bartenders son alcohólicos.

—Pero éste más que otros, porque está decepcionado.

— ¿Por qué será que la mayoría son actrices y actores?

—Porque ese restaurante está ubicado en el Village, donde trabajan de meseros y meseras futuras estrellas de cine.

—Es ingrata la vida.

—Ellos la pasan bien. Es peor para los escultores.

— ¿Por qué?

—Porque tu trabajo para sostenerte debería ser de albañilería, y ése sí es sacrificado.

— ¿Alguien compra esculturas?

—Pues claro; si no, no habría escultores.

—Las exposiciones que visité con Laura son terribles.

— ¿Por qué?

—Es arte moderno. Es fatal.

—No opino.

—Sí, a cualquier basura le dan un arreglito y ya se le llama obra de arte.

—Quizás hay decadencia.

—Que la hay, la hay y sin lugar a dudas.

—Tal vez atravesamos un periodo de transición, porque todo el arte está en decadencia.

— ¿La fotografía?

—No. La fotografía es un arte en evolución porque es más nuevo. ¿Y el teatro?

—No sé pero debe de andar cojeando.

—Porque está viejo, vino el cine...

—Es diferente, no me atrevería a etiquetarlo.

—Te voy a llevar a ver una obra y vas a convencerte. Pasa algo terrible.

— ¿Qué pasa?

—Mejor resérvatelo para cuando la veas.

—Tal vez no vaya a verla. Tenemos mucho trabajo en estos días.

—Bueno, es de dos tipos en un cuarto a oscuras. No se ve nada; sólo se escuchan las voces.

—Es lógico, están por dormirse, suena bien. Es como si tú y yo fuéramos personajes de una novela. Muy imbécil habría de ser el escritor que quisiera utilizar este diálogo y a la vez intentara describir esta oscuridad. Es solamente un diálogo.

—No, no creo.

— ¿Por qué?

—A lo mejor están estafando al público. A lo mejor no hay escenografía, ni actores ni nada; a lo mejor sólo son las voces grabadas.

— ¿En algún momento encienden la luz?

—No, así comienza y así termina. A oscuras.

—Tal vez en el transcurso de la obra se enciende algo, un fósforo o un encendedor para prender un cigarrillo.

—No, ninguno de los dos personajes fuma. Es una estafa. Ha de ser una grabadora. Así no pagan actores ni director ni quien arregle la escenografía ni técnicos de luces. Sólo se necesitan dos tipos: uno en la boletería y otro que encienda la grabadora y corra el telón.

— ¡Qué decadencia! Es como las esculturas que vi, de ésas yo puedo hacer miles.

—Esa obra deberían prohibirla, o hacerla radioteatro: un cuarto oscuro y dos voces.

— ¿Y no encienden las luces al final?

—Sí, pero antes corren el telón.

— ¿Pero los actores salen a saludar al público?

—Si.

—Entonces son reales.

—No, a esa hora la boletería está cerrada y el telón corrido. Y como es a oscuras, quizá ni abren el telón. Los mismos dos han de ser los que salen a saludar al público. Y vieras cómo los aplauden.

—...Qué divertido. ¡Hasta dónde es el público de ingenuo!

—Me gustaría llevar una linterna y alumbrar la grabadora. Pero me da miedo. Arruinarle el negocio a alguien aquí puede costarle la vida a uno. Incluso el mismo público podría apalearme por haberlos sacado de su disfrute.

— ¿Y de qué se trata?

—De dos ecólogos que no tienen sueño y hablan de que si el petróleo fuera de otro color no afectaría a la naturaleza. Uno defiende el azul y otro el rojo.

— ¿Y quién gana?

—No se sabe, todo es a oscuras. Parece que uno mata al otro.

—Es así como estamos nosotros.

—Pero no somos ecólogos ni estamos discutiendo.

—Pero me da miedo.

—No te preocupes, un destacado crítico de aquí escribió en el *New York Times* sobre esa obra; comentó que los colores defendidos por los ecólogos representan a un partido: el azul son los republicanos y el rojo los demócratas, aunque nunca nadie ve los colores. Toda la oscuridad del teatro es el petróleo y los espectadores son los pececillos, los pajaritos, las plantas, todas las especies que perecen en las tinieblas del crudo. Y la muerte de uno de los ecólogos es la purificación del hombre, ahí está representado el ser humano. Al morirse uno de ellos, reina lo que no había: el silencio...

— ¿Y de ahí qué?

—La nada, la oscuridad, el silencio, que quiere decir la muerte.

—...Tengo miedo, ¿te molesta si enciendo la luz?

—Sí, me molesta.

—No juegues.

—Es nada más una obra de teatro de dos estafadores. Después de las conclusiones del crítico ese teatro queda repleto.

—Me gustaría que ese crítico viera mi exposición.

—Ni lo sueñes.

—Hoy hice una obra maestra.

—Hoy, en un día, ¡estás loco!

—No está completamente finalizada, pero le falta poco.

—No vas a tomarme el pelo.

—En serio, he aprendido que esto a lo que llaman arte moderno es fácil.

—A ver, muéstramela, enciende la luz.

Hágase la luz

Mario se sienta en la cama entrecerrando los ojos como vampiro expuesto al sol. Elías sale de su bolsa de dormir a hurgar una bolsa negra de donde extrae un objeto extraño.

—Eso es basura —dice Mario.

—Por ahora, ya mañana será una obra maestra.

— ¿No piensas ponerte a trabajar a estas horas?

—Es sencillo y rápido —de inmediato dobla el metal ayudándose con un pie, deshace dos ganchos para colgar ropa y los enrolla alrededor del metal. Trata de darle una forma incomprensible y señala uno de los lados del objeto.

— ¿Qué? —le pregunta un estupefacto Mario.

—Le pinto una esquina de ésas de verde y ya.

— ¿Ya qué?

—Ya está la obra maestra.

—Nueva York te está enloqueciendo.

—Ya verás. A lo mejor la pinto de azul y rojo para que entren los republicanos y los demócratas.

—Tal vez se indigne alguien y te den con tu obra maestra en la cabeza.

—Lo demando —Elías se sienta en una silla a modo de quedar de frente a Mario y al objeto extraño.

—Estás aprendiendo a vivir en este país.

—Claro, nadie puede censurarme. Me aferró a que ésta es mi concepción del arte.

—Elías, te recomiendo descanso.

—No tengo sueño.

—Ni yo tampoco, pero estás desvariando. Te diagnostico loco temporal.

—Te juro que para muchos esto es arte.

—Es basura.

—Es arte.

—Es un manubrio de bicicleta vieja. Cacho de bicicleta se le dice en nuestro país. ¿Ya lo olvidaste?

—Es el nuevo arte.

—Es un cacho de bicicleta vieja —Mario se acuesta de lado manteniendo en alto la cabeza sobre la almohada doblada—. Apaga la luz.

—No, no la apago. Hasta que me digas que estás de acuerdo conmigo. No es bueno discutir con la luz apagada, nos puede pasar lo de los dos ecólogos. No estoy interesado en ser víctima ni victimario.

—Tú ganas, ¡qué bello! ¿Cómo le has puesto?

—Nada más ni nada menos que *Antes del futuro*.

—Espléndido, como quien dice: el presente. Eres un genio. Ahora, apaga la luz.

—No quiero que conversemos con la luz apagada.

—Acepto lo de la luz a cambio de que no hablemos del cacho de bicicleta.

—Acepto, pero antes quiero saber si en verdad te gustó el título.

— ¡Es maravilloso!

—A mí también me gusta. Es muy neoyorquino. Después de ese juicio tan acertado sobre mi obra maestra, me place complacerte. Voy a apagar la luz.

—Sí, se me ocurre que sería bueno que tu exposición la hicieras en la absoluta oscuridad...

Miami para principiantes

La canción en el silencio de la noche llega más lejos; por eso la madre entra al dormitorio de Helena y le aconseja que cante de día pues los vecinos duermen. Ella detiene el canto y le asegura que nadie más que ellas dos escuchan, pues las otras casas se encuentran a una distancia prudente, lo cual es cierto. La madre también lo sabe a ciencia cierta, pero fue el único pretexto que encontró a mano para penetrar el dormitorio de ella. En verdad ninguna de ambas tiene sueño: la copia menor quiere que amanezca para hablar de una vez por todas con Elías; y a la copia mayor la devora la curiosidad por saber qué hablaron la tarde anterior su hija y su casi yerno.

— ¿Y ahora ya podés contarme lo que te dijo? — la madre usa una voz seductora.

Sentada en la cama y recostada en la pared, su hija sonríe:

—Se dice puedes, no podés, no olvides que debemos practicar el "tú".

—Perdona, qué olvido, pero tú siempre tan oportuna. ¿Y de qué hablaron?

— ¿Para qué? No tiene caso, de todas maneras ya encontré la solución. Le voy a decir a todo que sí y una vez con los boletos en mano los cambio y me voy por Miami.

—No importa, cuéntame —insiste la madre con la seducción—; así me enfurezco y mañana cuando él llame estaré rabiosa. Y ya se dará cuenta el desgraciado de que con mi hija no se juega.

Helena es experta en cambiar de un rostro alegre a uno triste:

—Me advirtió que si no aceptaba irme por donde él ordenaba, mejor deshiciera el viaje, que no me iría por Miami. Entonces yo le dije: "Recuerda que no tengo compromiso contigo, no estamos casados". ¿Y sabes qué contestó? Una palabra extraña pero que no ha de ser buena: "Al carajo con el matrimonio, o te vienes o te quedas. Si te quedas, avísame para ya irte olvidando". Me lo dijo gritado y colgó de golpe.

Los ojos de la madre se abren ocupando más espacio en el rostro, desplazando la nariz y bajándole la boca a la barbilla:

— ¡Es un desgraciado, un machista, un infeliz! Ha de tener dinero. Cuando los hombres hablan así algún poder esconden. ¿Pero de dónde va a sacar dinero ese vago si no sabe hacer nada?

—A lo mejor de sus esculturas —propone Helena en voz baja, dudosa.

— ¡Qué esculturas! Eso no se lo compran ni para reciclarlo.

La hija frunce el entrecejo como lo hace una analfabeta frente a un letrero:

— ¿Ni para qué...?

—Reciclarlo, quiero decir para convertir en basura lo que él piensa que son esculturas, que ya de por sí son basura, y de esa basura hacer algo útil.

— ¡Mamá! —exclama la hija.

La madre reflexiona unos segundos y luego murmura para sí misma:

—Ha de haber robado. ¿De dónde va a sacar dinero si ni inglés sabe? Sabemos más tú y yo, cariño. Ese inútil no aprende ni con los mejores profesores del mundo.

—Ma, no lo juzgues tan drásticamente, tal vez estaba nervioso.

La madre arrastra una silla y la acomoda frente a la cama. Se sienta en ella lentamente como miembro de un tribunal de guerra que interrogará al acusado:

—Puede ser. ¿Le temblaba la voz?

—Sí.

—Ha de estar usando cocaína.

—No, yo creo que le temblaba porque estaba furioso de verdad, porque...

—Qué va —interrumpe Dina—, inyectado de heroína ha de haber estado. ¿Te preguntó por mí?

—Sí.

— ¿Qué dijo?

La hija quiere detener lo que iba a decir pero es demasiado tarde, el cerebro ya había enviado la información al habla. Helena se encuentra en esos segundos en que la persona ya no controla los movimientos; éstos vienen automáticamente porque milésimas de segundo antes han sido ejecutados:

—Que a lo mejor te encontraba marido en los Estados...

La madre se levanta disparada como una silla que el piloto acciona cuando advierte que es inevitable que el avión se estrelle:

— ¡Ahora está de Celestino el muy canalla! ¡Quién le dijo que ando buscando marido!

—Yo se lo dije, que tú no andabas buscando marido. La madre se lleva las manos a la cabeza:

— ¿Y él, qué dijo?

Helena vuelve a arrepentirse pero era costumbre de su cerebro enviar la información sin editarla:

—Que con un marido se te quitaría la neurosis.

—Lástima que yo no estaba —comenta y se sienta como lo hacen los vencidos.

—Fue lo que yo le respondí.

La madre respira profundo:

— ¿Y qué dijo?

El cerebro envía la información:

—Que era tarde para que anduvieras en la calle.

— ¿Y a él qué diablos le importa?

Helena asiente:

—Así mismo le reclamé.

La madre da muestras de agradecimiento:

—Hiciste muy bien, hija. Imagino que se quedó callado.

La hija niega con la cabeza.

Dina se sienta como los que ya descansaron:

— ¡Cómo que no!

—Me advirtió que me fijara bien.

La profesora duda en continuar el interrogatorio:

— ¿Bien? —hace una pausa—. ¿En qué?

El cerebro emite la señal:

—De que si regresabas contenta era muestra de que venías de acostar...

El ruido del cuerpo de la madre poniéndose de pie de un tirón la interrumpe:

— ¡Me muero porque llame! ¡Sólo eso faltaba! ¡Qué insolencia de los que se van a vivir a Nueva York! Te irás por Miami, Helenita, te lo juro. Nos mudaremos de esta casa, si es preciso; la venderemos. Es muy grande para mí sola; nos iremos a un apartamento mientras encontramos quién la compre. Eso nos dará un buen dinero. Porque de que nos vamos, nos vamos, aunque sea sin él. ¡Aunque tenga que venderle mi alma al diablo!

Helena se tapa la boca:

— ¡Madre!

Dina se persigna:

——Perdóname, Señor, pero es que no puedo controlarme. Nos iremos.

Dina vuelve a sentarse buscando con ello asentar la furia que la invade. A su recuerdo se transporta el padre de Helena; queriéndolo o no, hacía una relación inmediata entre lo que estaba sucediendo con Elías y lo de su ex marido. Para ella todo era un augurio de que el caso Elías sería ni más ni menos la repetición con su hija de la burla de la que, según ella, fue víctima. Ésa era la razón por la que tuvo uno que otro amante ocasional sin llegar nunca a concretar nada.

Veía en todos aquellos hombres al que la dejó soñando con Miami. Se incorpora y, sonriendo sin sonrisa como los que aspiran a vengarse, casi jura:

—Nos iremos, pero nos iremos vía Nueva York. Mataremos al canalla y después viajaremos a Miami. ¡Y ojalá Dios no quiera que nos encontremos con el infeliz de tu padre! Seré dos veces homicida.

Helena se asusta:

— ¡Mamá, tú nunca te has expresado así!

—Este no nos va a hacer lo mismo que tu padre. Con los hombres, mi hija, nunca se sabe. Los hombres son buenos para inventar y parecen reales. Porque eso es lo bueno de los inventos, que parecen reales. Tú no le ves los defectos porque estás enamorada. Espera a que se te pase.

—Elías es bueno y me quiere.

Dina suspira y aprieta los labios dando la impresión de estar decepcionada:

— ¡La vida, ingrata como ella sola!

La hija conoce bien ese tipo de expresiones. Dina acostumbra decir cosas a medias con el propósito de que Helena pregunte para descargarle algún reclamo. Así no se siente tan culpable pues, después de todo, ella sólo está respondiendo a una interrogante. Helena lo sabe, pero cree que es su obligación preguntarle, aun cuando la respuesta no sea de su agrado. Se sube la sábana hasta el cuello como para protegerse:

— ¿Qué quieres decirme?

—Nada. Todo ya lo dijiste tú.

—No he dicho nada.

La madre la mira a los ojos:

— ¿Quieres que te lo repita?

Los ojos de Helena intentan esconderse pero no encuentran dónde, así que los deja expuestos a los de ella:

—Si no te molesta.

La voz de Dina sale pausada, herida como pan en rodajas:

—Que-aho-ra-vas-a-ha-cer-le-más-ca-so-a-ese-i-rres-pon-sa-ble-que-a-tu-ma-dre.

De vez en cuando Helena siente impulsos de no seguir siendo copia:

—Tú eres quien lo afirma.

—No. Tú, porque lo defiendes para irte. Estás comenzando a darle la razón. Lo estás defendiendo.

El cerebro se precipita:

—No podemos acusarlo sin pruebas. ¿A ti te consta que robó o que van a hacer basura útil con sus esculturas?

La copia mayor intuye lo cerca que está de rebelarse la copia menor y prefiere desviarse por el canal de la tangente:

—La palabra es reciclar.

Eso basta para que la copia menor vuelva a su cauce:

—Así se oye bonita, pero el fin es el mismo. Además, esa palabra se me hace difícil.

La frágil posibilidad de subversión se va demoliendo como un edificio dinamitado. La madre se sienta en la cama, le toca las manos, le toma la derecha, se la alza a la altura del pecho y se la coloca en postura de juramento:

— ¿Qué quieres más, conocer Miami o reunirte con el mequetrefe?

La hija deshace la posición de juramento, pero no con oposición sino mostrando que son innecesarios los protocolos para reafirmar la solidaridad incondicional entre ambas:

—Ay, ma. Eso ni se pregunta, por supuesto que Miami.

La madre abraza a la hija, quien se recuesta en el pecho de ella. Dina dirige los ojos aparentemente a la nada, pero no es sino que está viajando en el tiempo:

—En tu infancia todo era tan especial —murmura, mientras le acaricia el cabello—. Tu papá entonces pensaba en nosotras. Hacíamos planes de cuando nos fuéramos a vivir a Miami. A él, en un principio, no le interesaba para nada viajar a los Estados Unidos, mucho menos a Miami. Pero yo soñaba con que un día cambiaría de parecer y me dediqué a recortar de periódicos y revistas todo lo relacionado con Miami. Le mostraba las fotos de las Primeras Damas en sus viajes de shopping en noviembre y en los de placer en junio. A las esposas de nuestros generales y coroneles, las de los diputados. Fui yo quien le enseñó que muchos cantantes famosos compraban sus mansiones en esa hermosa ciudad. Además, le mostré vídeos de esas bellas autopistas, de los expressways, de las playas, de ese montón de gente feliz en trajes de baño. Después era él quien andaba pendiente de traerme todo lo referente a Miami. Tú ya tenías tus añitos, ya entendías algo, aunque no todo. Y cuando nos escuchabas hablar de Miami, tan concentrados en nosotros mismos, caminabas frente a nosotros y para llamarnos la atención decías: "Mami, papi y Helenita nos vamos a ir volando en un avión para Miami..."

Dina ya no está contando sino que revive aquellos momentos con la misma intensidad con que ocurrieron. Acaricia el cabello de Helena, ya medio dormida; pero Dina no se entera porque su máquina del tiempo la ha transportado a disfrutar el monólogo de la niña que tiene a su lado ya convertida en mujer.

... Y me van a comprar vestidos, y zapatos y corona para que yo sea la reina de Miami. Y papi va a comprar un carro rojo para pasear por las calles (y abrías una de las revistas que siempre estaban sobre la mesita, las conocías tan bien)... *Un carro rojo como éste que le alborota el pelo a las*

muchachas porque no tiene techo. ¿Por qué no tienen techo esos carros, mami? ¿En Miami nunca llueve? Y nos vamos a ir por esta, por esta, ¿cómo fue que me dijiste que se llamaba, pa? Ya lo sé, no me lo digas, ya me acordé, nos vamos a ir aquí por la autopista Palmetto pasándole a los otros carros. Mi papi aquí manejando, mi mami en este otro asiento para que papi no vaya solo y yo aquí. Atrás, como mi muñeca de Miami. ¿Verdad, mami, que me vas a comprar una muñeca de Miami? Rubia, blanca, ojos azules, con el pelo largo y amarillo y con tacones y flaquita para que nadie me le grite gorda. ¿Verdá, papi, que no vas a dejar que nadie me le grite a mi muñeca? Y yo voy a ir contándole a mi muñeca que cuando regresemos a Tegucigalpa le voy a presentar a mis amiguitas de la escuela, y ellas van a querer ser mis amiguitas porque yo también voy a andar con una muñeca rubia de Miami. Papi, pero no se va a caer, ¿verdad? ¿Y por qué no se caen los aviones, ma? Y mami y papi y muñeca y Helenita vamos ir a la playa, ¿verdad, ma? Así como vimos en la tele el otro día que vos dijiste: "No hay como Miami". Pa, pero vos dijiste que pronto te vas a ir, ¿nos vas a mandar a traer, pa? ¿Y por qué no nos vamos los tres juntos? ¿No hay escuelas en Miami, ma? En Miami sólo hay cosas buenas y bonitas y si no hay escuelas ha de ser porque las escuelas no son buenas ni son bonitas. Mami, ¿por qué Miami se parece a mami? Mami Miami. Porque es bonita como vos, mami, ¿verdad, pa? Nos vamos a traer el carro rojo para acá, va a ser el carro más bonito de todas estas casas, de toda la gente, de todo el mundo. Y cuando yo esté grande lo voy a manejar, ¿verdad, pa? ¿Verdad que vos no sabes manejar porque nunca has tenido uno? ¿Por qué nosotros no somos ni ricos ni pobres? ¿Qué somos nosotros, ma? Yo ya quiero que nos vayamos para Miami. Yo ya quiero que el avión

por el aire nos lleve a Miami para salir del mundo y
comprar la muñeca rubia y que pa aprenda a
manejar en el carro rojo y ma se meta en la playa a
nadar en una ropa chiquita y...

Madre e hija duermen arrimada una a la otra,
como desplazadas de guerra.

La Estatua de la Fecundidad

Laura preparaba el terreno; estaba casi segura de que Elías terminaría mudándose a vivir con ella. Había vivido lo suficiente en ciudades grandes y entre artistas en busca de algo, no en balde pasó su buen tiempo en San Francisco y Los Angeles, y ya Nueva York era parte de ella. Sabía que más temprano que tarde Elías cedería, no importaba por qué, si por falta de vivienda, por arreglar sus documentos o lo que fuera. A ella no le importaba. Una vez lo tuviese cerca le enseñaría a enamorarse de ella.

Tan segura estaba que hacía un espacio en su apartamento donde Elías pudiera trabajar cómodamente. Imaginaba al escultor metido en su sudoroso arte, sin camisa y con la espalda brillante por el reflejo de la claridad, ella robándole unos minutos para que la poseyera con el sabor natural de la arcilla. Sentía una especie de curiosidad por momificarse. Quería que la embadurnara de pies a cabeza, a manera de dejarla tiesa de gozo y arcilla y colocarla en una esquina como una escultura de cuerpo entero.

Elías ni siquiera la había besado; era ella quien le rozaba los labios cada vez que lo saludaba dándole la bienvenida o despidiéndose pero, más que intuir, estaba segura de que a él ella le gustaba más de lo normal y si no se atrevía a corresponderle era porque apenas había terminado de aterrizar. Sabía que se trataba de esperar un poco para que acabara de arrancarse el mapa de su país de la piel y se envolviera en el mapa del cuerpo de ella.

No acostumbraba a ilusionarse sin por lo menos un motivo mínimo y el mínimo que le había dado

Elías era simplemente que no se negaba a nada de lo que le proponía, excepto visitarla en su apartamento. Tenía otros pretendientes que pasaron del tal vez a la nada con la llegada de Elías, quizá porque en las grandes ciudades se alberga ese ideal, consciente o no, de que las personas recién llegadas de países pequeños son las más apropiadas para un romance sincero. Supuestamente no están maleadas, creen en el amor y no han perdido ese aire de inocencia que obsequia la provincia. Para ella Elías reunía todas esas virtudes y dos más: ser un colega artista y ser muy apuesto. El hombre indicado para realizar su sueño de convertirse algún día en madre.

Todo volvió a quedar como estaba: el espacio vacío se llenó de objetos; el escultor desapareció; la claridad se escondía detrás de la cortina; ella salía de sus pensamientos y con ello también el nuevo diseño mental de su apartamento que había creado con rostro complaciente mientras terminaba de despertarse para ir al trabajo. Salió de la cama a la ducha sonriendo, no sin antes detenerse a accionar el mecanismo que le contagió la vida de música.

Oscuridad

—Ayer hablé con Helena.

— ¿Qué cuenta?

—Desesperada por venirse.

— ¿Y cuándo piensas traerla?

—En cuanto pueda. Estoy ahorrando.

—Va a tener que aguantar un año.

—No, jamás, pronto vendrá.

—No ganas mucho.

—No gasto mucho.

—Cuando ella venga tendrás más gastos. Tendrás tu apartamento.

—Lo sé, no me lo recuerdes. ¿Me estás echando?

—De ninguna manera, me has caído como del cielo. Estaba en déficit fiscal. Prefiero que me pagues a mí a que pagues otro lugar, más caro y menos céntrico.

—Pero cuando Helena...

—Claro, yo tampoco te quiero de por vida aquí. ¿Qué tal si aparece mi media naranja?

—Ya la tienes.

—No. Todavía.

—No te lo estoy preguntando, te lo estoy afirmando.

— ¡Excuse me! No sabía que sabías de mi vida más que yo mismo.

—Janeth...

—...Mmmmmmm... Me gusta, podría ser.

—Me ha preguntado por ti.

— ¿Por qué no me lo habías dicho? Esa información debe enviarse por fax.

—Últimamente tú y yo nos hemos visto poco, a pesar de vivir en un lugar tan pequeño.

—Así es Nueva York.

—Ya lo veo.

—Háblale de mí. Cuéntale de mis virtudes, que mis defectos ya tendrá tiempo para irlos conociendo.

—...Te quedó bien ésa... ¿Tú crees en eso de que los latinos somos machistas?

—Inventos.

—A veces pienso que puede ser verdad.

—Inventos. Es una conspiración contra nosotros.

— ¿De quiénes?

—De las latinas, los europeos y los gringos.

— ¿Por qué?

—Así los europeos y los gringos nos quitan a nuestras mujeres. Y también ellas, las latinas, nos abandonan sin complejo de culpa.

— ¡Qué inteligentes!

—Además, nos han desprestigiado. Cuando las europeas o gringas ven a un latino, en lo primero que piensan es en el machismo.

—Entonces asumís que todos los latinos somos buenos.

—No dije eso. Claro que no, hay latinos machistas, muchos. Pero también los hay en el resto del mundo y en el resto de las razas. Y son muchos también, a diferencia de que sólo a nosotros se nos ha etiquetado.

—Yo creo que no soy machista.

— ¿En qué te basas?

—Ayer hablé con Helena e insiste en venir por Miami. Un macho le daría una orden y ya.

—Déjala que venga por donde quiera.

—Por donde quiera, menos por Miami.

—Déjala, lo importante es que llegue aquí.

—Por eso, porque quiero que llegue es que no voy a permitir que venga vía Miami.

—Estás traumatizado. En todas las aduanas es igual. Y sobre todo con los latinos, nos han declarado la guerra.

—No. Los de Miami no perdonan.

—A ti te perdonaron, y eso que ellos tenían razón. Sólo disponías del boleto de entrada. Es la ley.

—Lo mismito hubiera pasado si les hubiese mostrado el de salida.

—De todos modos ellos tendrían la razón. Porque tu idea es quedarte, ¿no?

—Sí, pero no de manera ilegal.

—Entonces...

—Pediré extensión.

— ¿Cómo vas a pagar abogado?

—Tú ya pareces de la migra.

—La migraña de los latinos.

—Me dijo que si no venía por Miami no vendría.

—Sí viene.

—Me recordó que no tenía compromisos conmigo porque no éramos casados.

— ¿Qué le respondiste?

—Lo lógico. Le di la razón y traté de contentarla.

— ¿Lo lógico? Yo le hubiera colgado y nunca más vuelvo a saber de ella.

—Es que yo la quiero.

—La olvidas.

—Es diferente.

—Eres ingenuo.

—Puede ser. Sin embargo, haré todo lo posible para que venga.

— ¿Por Miami?

— ¡Nunca!

—Entonces ve buscando compañera.

— ¿Por qué?

—Porque tú eres muy flojo. No te hará caso.

— ¿Qué hago?

—Sé categórico.

— ¿Cómo así?

—Dile que venga por donde tú quieres o que te olvide.

—¿Y si lo toma en serio y me olvida?

—Es en serio.

—¿Y si decide olvidarme?

—Adelántatele, olvídala tú primero.

—No podría.

—Estupideces. Ahí está Laura, y así millones de mujeres bellas y solas.

—A lo mejor tienes razón.

—La tengo.

—Ordenarle que venga por donde yo quiero no es machismo, ¿verdad?

—¿Quién paga el boleto?

—Sabes bien que yo.

—Entonces no es machismo, es capitalismo.

—Está claro, manda el dólar.

—Aprende, escultor, que falta te hace. Duérmete.

—¿Tienes sueño?

—Un poco.

—¿Tú crees que me hará más caso a mí que a su mamá?

—Qué importa... Me has dicho que la mamá se muere por venir a los Estados Unidos... Entonces...

—Sí, pero a Miami.

—¿Y es verdad que ella está buena?

—Hermosa, la vieja.

—No te preocupes, la traes y después te encargas de conseguirle uno de esos viejos neuróticos y jubilados que abundan en Miami. Así te la quitas de encima.

—Suena fácil.

—Es fácil.

—Entonces la próxima vez debo hablarle como un macho.

—No.

—¿Cómo un hombre?

—No.

—Entonces...

—Como el que tiene el billete.

—Has aprendido mucho.

—Son diez años de vivir aquí.

— ¿Tú crees que hará lo que yo le diga y no vendrá por Miami?

—Ujú.

Redescubrimiento del teléfono

En la antigüedad toda la preocupación de la comunicación era que el cartero —que cargaba los mensajes a largas distancias venciendo selvas, cruzando ríos, exponiéndose a otras tribus, perseguido por cualquier variedad de fieras, amenazado por la eficaz ponzoña de infinidad de serpientes— llegara con vida a donde el destinatario quien, consciente del cansancio del mensajero, ordenaba ejecutarlo para que descansara por toda la eternidad. Después se usaron otros medios a medida que la rueda giraba y así hasta que se llegó al telégrafo, en el que un individuo, dando la apariencia de sufrir del mal de Parkinson, temblaba sobre unas teclas como quien vibra tocando el sintetizador en un concierto de rock. Y después llegaría el fax, pero antes, el teléfono.

El fax tiene la posibilidad de ser palabra escrita, lo que es una ventaja porque puede leerse y releerse hasta lograr un análisis profundo de lo que el mensaje nos da. El mensaje telefónico se escucha y uno necesita armar más o menos lo que le dijeron, para poder entender. Claro, existe la posibilidad de grabar la voz para escuchar una y otra vez, pero eso va en contra de los buenos modales. Así que sólo los servicios de inteligencia de cualquier parte del planeta, que desconocen por completo las reglas elementales de la moral, cometen ese crimen de lesa humanidad sin ningún cargo de conciencia.

Aunque ya el teléfono no es ninguna novedad ni sorprende a nadie, tal como la computadora u otros inventos tecnológicos, todavía hay personas que, como en un ritual, se agrupan alrededor de un teléfono, como nuestros antepasados rodeaban el fuego en los inviernos extremos. Ni más ni menos así lucían Helena y su madre, como dos antiguas que descubrieron el fuego. Desde que amaneció usaron sus respectivos baños con rapidez y luego, con un pretexto u otro —leer, la frescura de la sala, tejer— se dedicaron a rodear el teléfono aunque fingiendo mutuamente que ése no era el objeto magnético que las atraía.

El timbre del teléfono puede esperarse, cuando se ha avisado que sonará, de muchas maneras; las más habituales son la alegría y el miedo. Alegría, si un ser querido informa que llamará tal día; miedo, si uno ha cometido un delito y está seguro de que nadie conoce su número telefónico. Dina y Helena no aguardan ni alegres ni temerosas, sino como los fieros soldados de una tribu que esperan el grito de guerra del cacique: la lengua de Dina es una flecha ansiosa por detectar al enemigo.

Desde muy temprano ambas mujeres merodean la mesita barnizada con aquel aparato encima que, dependiendo de quién esté del otro lado de la línea, puede ser angelical o monstruoso. La noche anuncia su cercanía y Dina le pregunta a Helena si no tiene apetito. Ella sale por unos segundos de la revista que lee —afortunadamente era una de ésas que no exigen concentración— y tocándose el estómago aduce que está pasadita de kilos y no le vendría mal ayunar un día. La madre aprueba lo buena que es la dieta y se solidariza ayunando junto con su hija. El teléfono no suena porque sus ex amigas de la alta, después de que la perestroika hizo sus efectos, no la volvieron a llamar y ella de las otras clases no es amiga; por tanto, si el teléfono lanza el grito no hay que dudar que la llamada es del único, aparte de ellas, que sabe el número.

Helena piensa que su relación se desmorona. El silencio tecnológico de la casa es clave inequívoca del final de sus sueños románticos: su escultor acostumbra llamarla avanzada la mañana porque trabaja de noche. La madre vuelve a estar en lo correcto en cuanto a lo inestables que son los hombres, lo traicioneros, lo desamorosos, y con ello afianza su falta de respeto por ellos. Helena se cansa de la comedia y lanza la revista contra la pared:

— ¡Ya no llamó el desgraciado!

La profesora Dina también abandona el drama:

—Te lo he dicho repetidas veces.

—Ha de haber encontrado alguna venezolana. La madre se queda pensativa:

—Va a llamar, aunque sea para insultarnos lo va a hacer. Además, no tiene a quién llamar aquí aparte de nosotros, y dicen que cuando la gente está en el extranjero siente necesidad de comunicarse con alguien de su país. Aunque sea borracho, pero llamará. Yo no sé cuánto lo quieres, pero desde siempre te he aconsejado que al hombre sólo debe querérsele un cincuenta por ciento. El otro cincuenta se reserva por si la traiciona a una. Ese cincuenta es para otro, y de ese cincuenta se le da un veinticinco al otro que venga.

—Bueno —menciona Helena restándole importancia a su respuesta—, yo no es que esté loca por él pero, como tú misma dices, no hay amor sin interés. Y nada mejor que hacer nuestro viaje con él.

—De todas maneras vamos a ir —declara Dina en tono autoritario—, con o sin él lo haremos. Claro, es mejor con él porque no es bueno que vendamos nuestra casa y nuestras cositas, sobre todo porque están deportando a tanta gente... Y si nos deportan, ¿dónde vamos a venir a caer? No, él va a llamar.

La hija se incorpora, se ciñe la ropa al cuerpo y le dice:

— ¿Verdad que no estoy gorda, ma?

—No, no —se apresura ella—, estás bella, divina.

—Entonces no necesito dieta —responde y sonríe. La madre contesta la sonrisa y las dos toman ruta a la cocina.

Así se bate el cobre

Eran tiempos difíciles; se anunciaban deportaciones masivas de inmigrantes hacia sus respectivos países. Las leyes cambiaban con una velocidad espeluznante. El blanco más directo eran los inmigrantes latinoamericanos. Se hablaba de redadas, de cárcel, y uno que otro muerto en la frontera con México acrecentaba la inseguridad. Laura le entregó el recorte de un periódico que anunciaba que, ante la emergencia que desataba la cacería de inmigrantes, se había logrado, por fin, reunir a los representantes de los gobiernos de los países latinoamericanos, especialmente aquellos más afectados, en un evento que se realizaría con el nombre de Seminario sobre Inmigración. A Elías le preocupaba su estatus, pero también era reacio a ese tipo de reuniones; las experiencias que demostraban la desidia de los gobernantes de su país le habían hecho no creer en nada ni nadie que proviniera del lado oficial. No obstante, más por curiosidad que por una posible solución que pudiera encontrar a su problema, le pidió a Mario que lo acompañara.

Cuando entraron al salón a Elías le llamó la atención un hombre de anteojos, de barba filosofal y mirada vivaz que meditaba cerca de la puerta de entrada. Le recordó a su tío el poeta. El hombre percibió la mirada curiosa de Elías, le sonrió e hizo un gesto como de quien va a acercarse a saludar. Aunque Elías lo adivinó, su timidez lo hizo acelerar el paso, entrar al salón y acomodarse. La gente continuaba llegando: había personas cuya expresión reflejaba una preocupación sincera por la terrible situación que vivían sus compatriotas latinoamericanos. Otras lucían despistadas en cuanto a sus motivos para estar allí. En el caso de algunos representantes de gobiernos latinoamericanos, podía percibirse que estaban allí para llenar un espacio, para que no quedara duda de que sus cuerpos habían hecho acto de presencia, pero sus corazones y sus mentes seguramente visitaban lugares extraños a una situación resuelta para ellos a través de sus pasaportes diplomáticos.

El maestro de ceremonias llamó la atención colectiva y acto seguido presentó al cónsul argentino, quien en una escueta intervención dejó claro que estaban allí para apoyar pero que su país estaba exento de ese problema. Lo dijo de tal manera que a Mario le pareció que Argentina limitaba con Italia o Francia; parecía un país lejano y ajeno a lo que era América Latina. Ante aquel desaire intentó marcharse, pero Elías lo persuadió de lo contrario porque no quería quedarse solo con aquella gente desconocida y formal.

Así pasaron otros exponentes, hasta que, para sorpresa de Elías, llegó el turno del hombre de la barba filosofal. El maestro de ceremonias lo presentó: "Y ahora con nosotros, el señor embajador Luis Moreno Guerra, cónsul del Ecuador en Nueva York". Aunque estaban por irse, decidieron quedarse por la curiosidad que despertaba el diplomático.

El embajador no usó micrófono ni asiento, se paró frente al público como un avezado catedrático de Ciencias Políticas y entró en materia sin mucho preámbulo:

—Voy a empezar con unas preguntas. En palabras del antropólogo norteamericano Stephen Shaybull: "¿Cuál es la criatura que ha superado con éxito el paso del tiempo, que ha alcanzado tan extraordinario desarrollo evolutivo que domina la Tierra, que transforma la naturaleza, que ha colonizado a la mayor parte de los seres vivos, que sólo puede progresar y no involucionar?".

Al hacer una pausa el embajador se dibujaron en los asistentes sonrisas infantiles contra un profesor que pregunta cuánto es dos más dos. Si se hubiese tratado de una clase, seguramente las manos se habrían levantado al unísono hacia el cielo queriendo ser la elegida por el profesor para dar la respuesta y sorprender al resto del aula. Un cónsul centroamericano sonreía con felicidad como diciéndose para sí que él y nadie más era esa criatura a la que se refería Shaybull en boca del embajador Moreno. Para los menos avispados aquella pregunta aparentemente pueril reflejaba cuan superficial sería la exposición.

El embajador continuó:

—Si esto tuviera la informalidad de un coloquio, sería interesante abrir ya directamente el diálogo para las preguntas, pero ustedes ya tienen más o menos respuesta a ellas. ¿Cuál es esta criatura? La respuesta es obvia: la bacteria.

La respuesta cayó como un rayo sobre una vaca. Una vergüenza casi general inundó el salón. Vergüenza de que ninguno de los presentes tuviera el privilegio de considerarse bacteria.

—Una segunda pregunta se refiere —continuó el embajador ante los asistentes quienes, por el desliz cometido al equivocarse con la primera respuesta, escondían las manos para que no existiera duda de que no estaban dispuestos a responder—. ¿Qué habría pasado si no hubieran desaparecido los reptiles más grandes, si los dinosaurios no hubieran desaparecido en forma masiva? Al parecer, al hacerlo así dejaron un espacio ecológico. Si no hubieran desaparecido es muy probable que no existieran los mamíferos, y el ser humano es un mamífero.

Un murmullo inundó la sala. Alguien alcanzó a decir que el ser humano era carnívoro, otro que su madre nunca lo había amamantado por temor a contraer cáncer del seno.

—Y un tercer cuestionamiento: se habla y se señala con insistencia que los campeones de la carrera evolutiva entre los mamíferos son el humano y el caballo. Yo preguntaría si esto es así. La respuesta decepcionante es que no. Si nos atenemos al número de especies y al grado de evolución alcanzada, entre los mamíferos más sobresalientes se encuentran la rata, el murciélago y el antílope. El cuerpo más evolucionado y que no necesita ninguna mejora de aquí hacia el futuro no es el del ser humano, sino el del tiburón.

Una ráfaga de murmullos interrumpió al expositor. Se quejaron los dominicanos, acérrimos enemigos de los tiburones por la gran cantidad de naufragios de indocumentados que viajaban clandestinamente desde la isla hasta los Estados Unidos y no servían sino como merienda de los selacios. Otros, sin meditarlo siquiera, se negaban rotundamente a la afirmación del embajador de que las ratas y los murciélagos fueran superiores a ellos. Del antílope no se murmuró, nadie tenía un diccionario lo suficientemente cerca.

— ¿Por qué esta introducción tan decepcionante? —prosiguió el diplomático (a la concurrencia ni el respirar se le escuchaba, muestra plena de que la sacudida del exponente los había congelado y que el discurso fluiría sin ningún otro murmullo)—. Para decir, ¿cómo es posible que este ser, realmente tan minúsculo desde el punto de vista zoológico, tan incipiente en un proceso evolutivo, sea el único que cierra las puertas a otros de su misma especie? Lo mencionado sirve para bajar la soberbia de los hombres contra los hombres, del ser humano contra otros seres humanos, de esta variedad de monos cuyo cerebro, por un azar de la naturaleza que tal vez nunca podamos explicarnos —el número y funcionamiento de nuestras neuronas tienen una limitación tan alarmante que somos incapaces de descubrir nuestro propio origen—, y seguramente por un cúmulo de circunstancias físicas concurrentes que produjeron fenómenos químicos en cadena, evolucionó a la racionalidad.

"Esta variedad de monos no ha sido la única; tenemos primos hermanos, otra variedad de monos que también evolucionaron, llegando incluso al grado de usar herramientas y que, sin explicación, desaparecieron. No se trata de un eslabón perdido, no, fue una evolución casi paralela. ¿Cuántos procesos anteriores hubo? No lo sabemos. Es probable que se sepa en el futuro. Pero lo cierto es que en esta variedad de mono empieza el proceso hacia la racionalidad: se incorpora, es capaz de usar herramientas y comienza a mejorar su calidad de vida. El proceso se inicia en África y, de acuerdo con los antropólogos, hace miles de años, en lo que hoy sería la república de Mozambique, frente a Madagascar."

Mario codeó a Elías:

— ¡Wow! Este sí sabe cómo se bate el cobre.

Con un gesto Elías le pidió que callara.

—Luego avanzan a Europa, después al Asia y parecería que en este último continente culmina el proceso de la racionalidad, no de la evolución, porque desde que el ser humano se armó de la racionalidad, es la bestia más salvaje y más repugnante cuando está en guerra, y la guerra ha sido el pan de todos los días. De tal suerte que el ser humano no es el rey ni tampoco estamos en proceso evolutivo de mejoramiento, a menos que se trate de un esfuerzo de conciencia individual y colectiva; que, tomando en cuenta estas serias limitaciones, asumamos el compromiso colectivo de superar nuestras deficiencias y miserias.

"Cuando esta colonización de la única especie con racionalidad cubre Europa y Asia, pasa a lo que ahora es América. Esto sucede, explican los geógrafos, en la etapa de los grandes congelamientos, cuando el nivel del mar era mucho más bajo y el estrecho de Bering podía pasarse casi a 'pie puntilla', pues no era un obstáculo geográfico que impidiera las migraciones.

"Y llegaron los primeros mongoles, se fueron ubicando en tierras vírgenes, y cada cual se quedó en el sitio con cuyo horizonte se identificara. Cierto, las siguientes oleadas de mongoles, al llegar a América y hacer presencia en Alaska, no encontraron a ningún uniformado que les pidiera pasaportes, visa, impuesto al ausentismo, vacunas... Tampoco había esta clase repugnante de la aduana que le esculcara los morrales generando la humillación colectiva.

"En ese entonces pasaron sin ninguna de estas trampas. Eran aquellas épocas en las que el ser humano pudo hacer uso de su derecho inmanente a la movilidad y a la ubicación, para decir en palabras del escritor Gabriel García Márquez: 'Cuando se era feliz e indocumentado'.

"Luego esto que llamamos evolución o progreso se elimina, empieza a encogerse, a estrecharse; se anula el derecho de movilidad y ubicación; aparece el feudo y se inventa la frontera. ¿Para qué? Para precisar el ámbito de mis dominios como señor feudal y también para saber desde qué sitio pueden expandirse a costa de los demás. Y todo ello bajo un justificativo: que la autoridad la recibí directamente de Dios, de tal suerte que los esclavos de la gleba no podían sublevarse contra el señor feudal porque eso era ir contra el mismo Dios. Si Dios les había entregado la autoridad —nadie dijo dónde ni cómo, pero eso es lo que se afirmaba—, no había cómo sublevarse, debía uno aceptar con resignación la condición de esclavo.

"Estas dos características del feudo se transfieren al estado. El estado es una figura jurídica novísima; es un resultado del intelecto; es una creación del ser humano, muy nueva y, sin embargo, ya vieja, obsoleta y anticuada, ya no soporta los nuevos cambios. El estado hereda del feudo el concepto de autoridad divina para ser 'soberanía', y aquello de la frontera pasa a ser el límite, la obra domadora de la frontera. De esa manera el planeta Tierra queda dividido en corrales que se llaman estados y el ser humano se queda adentro como animal doméstico: 'Prohibido entrar, prohibido salir'. Se acabó el derecho inmanente, inalienable de la movilidad y la ubicación. Los estados modernos reemplazan al señor feudal —porque en el feudo sólo en el castillo había comodidad, confort y seguridad— a costa de los esclavos de la gleba. Por un señor feudal había diez mil esclavos.

"El mundo no ha cambiado. Ya no se llaman estados feudales, ya no se llaman señores feudales, se llaman potencias. Y los esclavos de la gleba son los países tercermundistas. Entonces, si alguien quiere disfrutar de trabajo, educación, salud, atención, esparcimiento, capacidad de ahorro, tiene que ir al 'castillo', al castillo del señor feudal que hoy se llaman potencias industrializadas. Porque el que no entra al castillo no tiene nada, como el esclavo de la gleba que no era dueño ni de su tierra, ni de sus animales, ni de su mujer, ni de sus hijos, ni de él mismo. Eso es el Tercer Mundo. Si es que quieren que los 'esclavos de la gleba' no empiecen a saltar los muros del castillo, pues algo hay que hacer con esos esclavos, algo hay que repartir de esa riqueza con el fin de que puedan tener sustento y satisfacer necesidades básicas. Las migraciones son movimientos naturales espontáneos y además legítimos, que no se detienen con leyes, ni con reglamentos, ni con prohibiciones o sanciones. Y no valen muros, no valen murallas, ni siquiera las de acero inoxidable.

"Entendido así, las migraciones, como un derecho legítimo individual y colectivo, lo único que ponen de manifiesto es toda esta problemática, toda esta actitud xenofóbica, de rechazo a la gente que sale en busca de superación. Porque, pensemos: ¿quién es el inmigrante? El inmigrante es un ser excepcional, es un valiente que se arriesga a un destino ignoto, movido por una fuerza interior insospechada: el deseo de superarse, para él y para los suyos. Por eso es que el inmigrante hace las tareas que no hace el nacional, y aquí tenemos una serie de mitos: que el inmigrante viene a quitar puestos de trabajo. Mentira, si aquí es más cómodo para las personas recibir dinero por no hacer nada, antes que hacer un trabajo que no les gusta.

"Todas las sociedades ricas tienen mano de obra desocupada y pagada, porque es una forma de controlarla. Si hay plena ocupación también hay un peligro: la mano de obra se encarece y el producto se encarece; entonces, es más barato pagarles para que no hagan nada. Desde el punto de vista moral, esta estrategia es inmoral, pero es la realidad. Ese es un mito que se va desvaneciendo, que el inmigrante viene a quitar puestos de trabajo. No es cierto, genera más de los que ocupa, y los puestos que ocupa no los quiere desempeñar el nacional. ¿Qué sería de los países ricos en el momento en que todos los inmigrantes se fueran? Colapsarían. ¿Quién haría ese infausto trabajo y a los precios en que lo realiza el inmigrante? Nadie. Y los otros mitos: que 'el inmigrante viene a dañar la sociedad'. Es probable que el pobre inmigrante desconozca que aquí es mal visto tirar un papel en la calle pero, desde el punto de vista penal, los inmigrantes son los grupos humanos con índices más bajos. Además de que aportan y pagan impuestos, son los que menos reciben. De tal suerte que no hay justificación alguna de esta actitud antiinmigrante, injusta, incierta, ingrata, porque todos los seres humanos en algún momento son, han sido o serán inmigrantes.

"Estas reflexiones podrían extenderse pero, dado que tenemos tiempo limitado, quisiera concluir con un pensamiento: 'Se dice que los huevos y los seres humanos se parecen porque no fueron hechos para caminar sobre ellos'.

"Muchas gracias."

Los aplausos estallaron, unos sinceros, otros no, algunos por inercia. Pero el resultado, que no sabe discernir entre los aplausos reales y ficticios, fue unánimemente favorable para el discurso del embajador.

Mario lucía feliz, y lo estaba:

—Gracias por invitarme, por él ha valido la pena venir hasta aquí.

Elías sonrió:

—Tampoco yo me lo esperaba.

— ¿Nos vamos?

—Sí, pero antes déjame saludarlo.

Esperaron unos minutos hasta que se inició el refrigerio de manera oficial. Elías se acercó y se hizo un hueco, entre otras muchas personas que rodeaban al embajador, para saludarlo. El diplomático sonrió y recibió la felicitación con humildad, tanta que a Elías le dieron ganas de llamarle simplemente Luis, sin títulos académicos ni diplomáticos, sino más bien un Luis familiar que incluso prescindiera de los apellidos. No lo hizo, por timidez y por las circunstancias. Mas la mirada del embajador le dijo que eran de los mismos, de los que no pueden vivir sin pensar y aportar su cuota en busca de un mundo mejor. De regreso a casa ambos van satisfechos. Mario, dado a filosofar, ve en el embajador al diplomático que él hubiese sido si no decide emigrar de su país en busca de cosas diferentes. La influencia de su familia y su intelecto lo tendrían en una posición similar con una búsqueda compatible con la del embajador. Elías reniega porque en su país hay más vividores que servidores a las causas del pueblo y remarca la ignorancia de la mayoría de los representantes gubernamentales dentro y fuera de Honduras.

Muy contento, le comunica a Mario:

—No conseguí la residencia pero el discurso valió la pena.

—Claro —sonríe su amigo—, Luis Moreno Guerra. Tiene nombre de emperador, el primer apellido de esclavo y parece que no es nada pacifista según el segundo apellido pero, una vez más, la vida nos señala que las apariencias engañan. No, es brillante, valió la pena haber venido. Aunque tú ya tienes residencia, es más, si quieres hasta ciudadanía.

—¿Por qué dices eso?

—Laura. Cásate, no seas bobo.

—No, no es necesario. Honduras le sirvió más que ningún otro país a Estados Unidos contra la guerra comunista en Centroamérica. Ellos están en la obligación moral de no ponernos trabas.

—Qué bárbaro, debería darte vergüenza utilizar la tortura y la muerte de compatriotas para establecerte aquí.

—El fin justifica los medios.

—No siempre. No con el derroche de sangre que hubo en Centroamérica. Sería más digno, y hasta Maquiavelo te felicitaría, que te casaras con Laura y ya.

Ventana al infierno

Mario se acomoda en la barra, el lugar de los solitarios. El bartender es el acompañante múltiple de éstos. Un bartender que no esté dispuesto a conversar con los clientes no es tal y, por tanto, estará eternamente desempleado. La persona sola nunca se sienta ante una mesa porque su soledad se multiplica. Los buenos restaurantes no tienen mesa para una persona. Siempre se dejan dos sillas, pues si alguien va a comer solo la silla vacía causa el efecto de dejar abierta la posibilidad de que alguien podría estar ahí, acompañándole. Sin esa silla vacía la soledad que produce el otro extremo de la mesa es mayor, es como la ventana a uno de los agujeros negros que tiene el espacio y que para muchos es el infierno.

Mario, aunque ha sido un hombre solo por mucho tiempo, no es aficionado al infierno y prefiere la barra que comunica a los solos para que ya no lo estén. En una barra es fácil hablarle al individuo que esté al lado, en tanto que no es prudente hablarse de una mesa a otra. Ahí desde la barra puede conversar con el bartender y a la vez no perderle paso a Janeth quien, sabiéndose felizmente vigilada, asume una actitud coqueta: al caminar, al servir una mesa y, por supuesto, de vez en cuando se da una vuelta por donde Mario para decirle una insignificancia que en verdad no es sino uno de los pasitos que comunican al romance.

Ya Elías le ha informado al bartender que lo que consuma Mario va por su cuenta. Es sólo un decir de cortesía, pues él no le cobraría nada a nadie; todo pasa a ser cuenta de la casa.

Janeth luce contenta, más de lo usual en ella. Cuando la oportunidad se lo permite, conversa con

Elías queriendo enterarse de algo más sobre Mario; pero de éste nadie sabe nada, sólo que es un fotógrafo con más de una década de vivir en Nueva York, soltero y a quien no le gusta hablar de su pasado ni de su futuro, si acaso un poco del presente. También es muy cauteloso de envolverse en el amor. Calcula todo con la frialdad de los que tuvieron un pasado trágico. En realidad, él nunca busca una mujer para formalizar una relación, sino para acompañarse hasta que se aguanten, hacer el amor y vivir cada cual en su sitio sin traspasar las barreras de su individualidad.

Lo que Mario no sospecha es que Laura y Janeth están confabuladas para repartírselos a él y a Elías. Ninguna piensa siquiera en un amor pasajero. Están seguras de que esos dos hombres fueron colocados por el destino para las vidas de ellas. Y alimenta sus convicciones el hecho de que ambas, de alguna manera, son correspondidas.

En su hora de descanso para comer, Janeth invita a Mario a que le haga compañía. El acepta de buena gana y en ese tiempo acuerdan que a la salida irían, junto con Laura y Elías, a una discoteca.

La caída del Mito

Aun medio ebrios Elías mantiene la distancia. Mario, en cambio, sabe a lo que ha ido. Toma a Janeth de la mano, a veces la abraza y una que otra vez le besa la mejilla. Y cuando bailan pegado, poco falta para que parezca que están haciendo el amor.

Mario y Janeth regresan a la mesa. El la trae abrazada de la cintura. Cuando la luz se lo permite, le guiña el ojo a Elías y le hace un gesto de que se ponga en acción. Su amigo no se da por enterado. Ante ello Mario comenta:

—Pobre Laura, no miras que este man está enamorado de una loca en Tegucigalpa. Loca en el sentido correcto de la palabra, locas madre e hija.

Laura y Janeth ríen:

—Cuenta —le pide Laura tomándole una mano.

Elías agradece la oscuridad de la discoteca, le invade una vergüenza terrible y un deseo tremendo de dar la fiesta por concluida:

—No le hagas caso. Ha bebido mucho. Dice cualquier disparate cuando tiene algunas copas de más.

—Copas de más —repite Mario—. Despierta, escultor, lo que quieren esas viejas es timarte. ¿No ves que es ridícula su obsesión por Miami? A ti te han visto cara de boleto de avión, por no decirte otra cosa.

Las mujeres vuelven a reír:

—Cuéntanos —insiste Laura—, ¿es verdad?

Aparece una canción como una soga a alguien que se está hundiendo en la arena movediza. Elías no desperdicia el lazo y se afianza a él:

—Bailemos, mejor —invita a Laura y la conduce, de la mano, a la pista.

Ella lo abraza por el cuello y con toda la intención del mundo, pero intentando que pareciera casualidad, posa sus labios en su cuello. Su acción provoca escalofrío en el escultor. Ya no sabe si hubiese sido mejor soportar las bromas de Mario o haber tomado esa salida del baile. Ella le gusta más de lo normal, solamente por ello no cede. Con cualquier otra podría acostarse sin sentirse infiel a Helena, pero con Laura no. Intuye que acostarse con Laura significa enamorarse de ella. Con un movimiento perezoso Laura mueve el cuello hasta que labios masculinos y femeninos se rozan de frente. Abre lentamente la boca y muerde despacito los labios cerrados de él. A Elías el mapa de su país que lleva en la piel empieza a desaparecerle, a enrollársele como enrolla un arquitecto un plano que quizá ya nunca más volverá a usar. Responde al beso a ojos cerrados para que el pecado o la condena disminuya. Ese beso los transporta de manera tal que se sienten sin cuerpos, una especie de dos pares de labios bailando solos sostenidos por la nada en el aire.

Elías alcanza a escuchar un: "¿Te gustaría que los imitáramos?". Conoce la voz y, mientras el prolongado beso continúa, entreabre los ojos y detecta a Mario y a Janeth bailando e imitándolos muy cerca de ellos. Eso le causa risa; detiene el beso, ríe con Laura y le muestra a la pareja.

Ella ríe también. Luego ríen sin razón, pues no tiene caso reír por algo tan común como el hecho de que una pareja se bese en la pista de una discoteca, y van riendo a carcajadas hasta la mesa. Janeth y Mario los siguen, riendo también sin causa aparente.

—Se rompió el mito —comenta Mario.

—Ya, hombre —dice Elías—, estás borracho.

Mario sonríe:

—Hoy has dado un buen segundo paso, te felicito.

— ¿Cuál fue el primero? —pregunta Laura.

—Que debía llamar a las viejas ésas a Tegucigalpa hace tres días y no las ha llamado. Aunque se muere por hacerlo.

— ¿Es cierto? —pregunta Janeth con una sonrisa maliciosa.

Elías busca su tono más serio:

—Sí, es cierto. Tengo mi novia y la quiero. Ella va a venir a vivir conmigo, ¿qué de misterioso hay en eso? Y ahora yo los dejo, para mí la fiesta terminó — y se pone de pie.

Laura lo abraza:

—Déjate de cosas.

—Sí, no seas aguafiestas —secunda Mario. Janeth dice cantadito:

—Calm down, calm down, Elías.

El vuelve a sentarse:

—Pero cerramos este tema. No quiero hablar más de ello.

—Okay —accede Mario.

Cada cual presta atención a su pareja.

— ¿Cuándo viene? —le pregunta Laura.

—No sé exactamente —responde incómodo.

— ¿Y por qué no me lo habías dicho?

—No había razón para que te lo dijera.

—Has respondido a mis insinuaciones.

Él le pasa una mano por el cabello:

—Porque me gustas. Me gustas y mucho. Debes entender que es difícil para mí. Somos compañeros de trabajo y no me gustaría hacerte daño.

—No, no me harías daño. Cuando ella venga sabré comprender.

— ¿Y yo, qué? ¿No crees que a mí no me dolería estar contigo y de pronto dejarte así de repente?

—Hay que vivir el presente —responde ella acariciándole la barbilla—; ella está lejos, nosotros estamos aquí.

—Tienes razón, en teoría es fácil, el problema es que en la realidad se complica.

—Te prometo que, sea cual sea tu decisión, sabré aceptarla, pero mientras tanto podemos ser buenos amigos.

Él le da un suave y rápido beso:

—Eso ni tú te lo crees.

—En serio, no dudo que no va a ser fácil pero te lo cumpliré.

— ¿Cuándo va a ser la boda? —Interrumpe Mario—; Janeth y yo acordamos ser los padrinos.

—Yes, sure —afirma sonriendo ésta.

—No tenemos prisa —ríe Laura.

—Yo creo que ahora sí deberíamos irnos —propone Elías—, ya casi toda la gente se ha ido, no vamos a esperar a que nos echen.

— ¿Tú dónde vas a dormir? —pregunta Mario.

Elías le sonríe:

—Donde pago renta.

—Los vamos a ir a dejar —dice Janeth con las llaves del auto en mano—, y nosotras seguimos la fiesta.

— ¿De veras? —se sorprende Elías.

— ¿Estás celoso? —inquiere Laura.

Un agujero en la Cicatríz

Apenas dos semanas después de la noche en que bailaron en la discoteca, ya Mario está amaneciendo en el apartamento de ella. Abre los ojos y, pensativo, los deja en el techo. A su lado ella duerme dándole la espalda. Él se da la vuelta hacia donde ella. La tiene ahí muy cerca, doblemente desprotegida: dormida y desnuda. Mira su espalda y le pasa muy suave el dedo índice por la nuca, lo va bajando por la espalda, llega a las nalgas y como si fuese un lápiz le dibujaba garabatos en la piel. Le toca una nalga y salta a la otra. La acaricia con toda la palma de la mano, la baja buscándole los muslos. Ella, aún dormida, entreabre las piernas. Él deja reposar su mano ahí, en la parte más íntima de ella. La deja ahí mientras la besa con suavidad, cuidando de no despertarla.

Pasó mucho tiempo sin novia. No le interesaba tenerla. Todas sus relaciones eran efímeras. Unos años atrás estuvo a punto de casarse, pero por un absurdo su noviazgo fracasó. Desde muy joven participó intensamente en la política de su país; era un activo líder estudiantil de una organización izquierdista. La avalancha producida por el desmoronamiento de la Unión Soviética tuvo consecuencias en el mundo entero, y su país no fue la excepción. Ante la derrota —porque Mario sí aceptó con valentía y elegancia el triunfo del contendiente, a la inversa de muchos que negaban haber sido de izquierda, se avergonzaban e intentaban borrar su pasado militante en las filas comunistas como quien niega la epidemia de la peste—, él no quiso seguir en su país. Le asqueaba ver a los comunistas —que en un pasado cercano condenaban la corrupción gubernamental y pronunciaban sendos discursos en favor de la clase marginada—, peleándose entre sí por un ministerio, arrodillándose por un lugarcito en el gobierno e integrándose más temprano que tarde a la caravana de personas sin escrúpulos que habían hecho merienda con el erario público, que vendían sin pudor alguno, al peor postor, el país.

Muchos de los que antes se autodenominaban compañeros, que habían viajado gratis por los países comunistas como líderes de la nueva sociedad, sacaron su verdadero rostro, se deshicieron de la máscara y debajo de ella no se encontró sino parásitos deseosos de embarrarse en las mieles del poder.

Aunque se alejó de su país y tomó como su casa de siempre la ciudad de Nueva York, no era posible que se desligara, tal como pretendió en un principio, de la situación política latinoamericana. Fue militante por convicción y éstos no claudican nunca en sus ideales. Aun cuando las circunstancias históricas eran totalmente diferentes a las de la época de la guerra fría, seguían existiendo los mismos problemas en América Latina. El final de la guerra fría no significó nada positivo ni negativo para aquellos países. El alto al fuego tampoco detenía la muerte, porque se intensificaba la delincuencia a causa de la crisis económica y los gobiernos redoblaban sus formas de gobernar a través de la corrupción. En definitiva, nada había cambiado.

Fue ese fervor ideológico lo que lo hizo terminar su relación con su novia, una relación que prometía mucho porque había sido capaz de enamorarse. Por desgracia, sus creencias políticas eran muy frescas para él, lo cual no lo dejó diferenciar. La ceguera política lo desarmó una vez más. Cuando Estados Unidos invadió Panamá lloró de la impotencia, de tristeza por no poder hacer nada. Se sintió más traidor que nunca al vivir en el país que se especializaba en invadir los suyos, en dictar las pautas a seguir en todas las manifestaciones de la vida. Veía aquellas escenas de marines disparando en medio de humaredas en la ciudad de Panamá y se llamaba a sí mismo cobarde. Lo único que pudo hacer ante la indignación fue vengarse con la persona menos indicada: su novia, una chica estadounidense pero absolutamente inconsciente no sólo de la política que su país aplicaba extra fronteras, sino de la política en sí. No sabía nada ni le interesaba saber; los políticos y la política nunca representaron nada interesante para ella. Si le hubieran pedido su opinión acerca de equis asunto político o de equis político, lo más probable es que no habría podido responder nada y, en el peor de los casos, se limitaría a decir lo que una vez comentó mientras veía televisión con Mario. Le pidió cambiar el canal porque la aburría ver a esos viejos panzones que sólo andaban buscando contra quién hacer guerra.

Mario intentó dejar pasar el asunto de la invasión a Panamá y su relación amorosa. Lo logró por unos días, pero ahí estaba aquel agujero en la cicatriz. Recordaba la historia de América Latina y el agujero por donde se colaba el rencor que a veces se derramaba sobre España y otras sobre Estados Unidos. Acariciaba la cabellera rubia de la novia y de pronto aparecía el agujero que le decía que entre personas con el color de cabello amarillo y piel blanca y él no podía existir una relación amistosa, mucho menos amorosa. El agujero se cerraba, pero en cuanto se suscitaba el más leve incidente se reabría.

Mario abraza a Janeth, se le pega a la piel como para con ello sepultar eternamente sus pensamientos sobre la estúpida separación de su ex novia a la que lo condujo el agujero. Han pasado varios años y algo le hace sentir mientras abraza a esa mujer, aspira el olor de su piel y aprieta suavemente su sexo dormido contra las blancas nalgas, que está preparado para recomenzar sin darle tregua al agujero y evitar que derrame el líquido de la sinrazón.

Sombras nada más

—Es una desgracia vivir en estos países —se oye la voz de Dina mezclada con sonidos de objetos que a tientas toca y tira buscando una linterna—. Te aseguro que en Miami nunca se va la luz. Esto de los apagones es sólo para países miserables como es...

—...Ya, ma —la interrumpe Helena—, tampoco es para maldecirlo tanto, después de todo es nuestro país.

—Quién sabe —responde mientras continúan cayéndose objetos en el piso—.Yo creo que hay gente que nacemos en el lugar equivocado por accidente. Nosotras no tenemos facciones ni de indias ni de negras, lo cual quiere decir que, sin duda, nuestro lugar para haber nacido era Europa. Y hay europeos que debieron haber nacido en una jungla y andar en taparrabos con esa gente africana.

—Ma, mejor siéntate, te puedes lastimar...

—Me gusta cuando hablas así, Helenita, como gente de clase, con distinción. ¡La encontré! Sólo falta que las pilas no anden bien.

—Ay, ma, quítame esa luz de la cara.

—No se puede hablar con una persona sin verle el rostro. Muchas veces las palabras y el rostro dicen cosas diferentes.

El de Helena está atrapado por un círculo de luz:

—Es signo de mala educación alumbrarle la cara a la gente. Además, yo no te veo el rostro a ti.

—Tú no tienes necesidad de verlo porque soy tu madre. No te hablo con la voz ni con el rostro sino con el corazón.

—Pero yo soy tu hija —expresa cerrando los ojos frente a la linterna.

—Precisamente. Los hijos son los que más mienten a los padres. Además, no es mía la culpa de que tú no tengas linterna para alumbrarme. Si la hubieses encontrado antes que yo, por democracia, tendrías el derecho de hacerlo.

—Pero yo nunca te miento —dice Helena e inclina la cabeza hacia atrás en el sofá.

La madre continúa de pie, alumbrándola:

—Lo sé, yo hablo de los hijos en términos generales. Tú no, Helenita, tú eres esa gran excepción. Por eso puedo escucharte sin verte el rostro —la madre dirige la luz hacia sí misma, con la linterna en el pecho se alumbra la cara—. Habla, mira que te confío.

—No hay nada qué decir. Quítate esa luz del rostro que me das miedo.

— ¿Tan fea estoy, Helenita? —y envía la luz hacia el rostro de la hija.

—No, tú eres bella, nada más que en cualquier persona, hasta en miss Venezuela, esa luz como la enfocabas produce un efecto aterrorizador. ¡Quítamela que es inhumano!

—Si vas a vivir y quieres triunfar en el mundo, en las ciudades grandes como Miami, debes quitarte esa idea tonta del humanismo. Eso pertenece al subdesarrollo y nosotras dentro de poco perteneceremos a la civilización.

—Provoca terror —musita Helena y abre los ojos fuera de lo normal.

— ¿Qué provoca terror?

—Eso que dices.

La madre se sienta al lado de ella en el sofá, desvía la luz de su rostro y la envía al techo:

—Es la verdad, así es el mundo moderno.

—No sé qué pensar.

—Mejor no pienses —replica y vuelve a alumbrarla.

—Quítame esa luz.

—No, estamos hablando de cosas delicadas. Necesito estudiar tu rostro para ver si estás capacitada para abandonar el subdesarrollo.

—Ha de ser igual en todas partes.

— ¿Qué ha de ser igual?

—En todas partes ha de haber gente humanizada y deshumanizada.

—Déjate de tonterías, hija. El humanismo es el comunismo del futuro. Ya verás cómo los perseguirán, los encarcelarán, los desaparecerán.

—Dios quiera que no estés siendo profética.

—Dios quiera —repite la madre y tras sus palabras regresa el fluido eléctrico. Se oyen gritos de júbilo afuera celebrando el regreso de la luz. Dina apaga la linterna. Helena suspira y se pregunta:

— ¿Será que Elías me ha olvidado del todo?

—Llamará, él te quiere, llamará. Cuando se le acabe el dinero. Así son los hombres. A lo mejor se está muriendo por llamarte. Verás que pronto te llama.

—Quizá ya tiene una gringa.

—No, preciosa. Allá necesita tener billetes para encontrar mujer. Allá no valen las caras bonitas.

Helena se alegró:

— ¡Por fin has reconocido que es bello!

—No lo dije por él —replica la madre contrayendo los labios como un pescado.

—A mí me parece muy galán.

—La juventud toda es bella.

— ¿Incluido él?

—Ni modo.

Helena le pone una mano en la pierna:

—Gracias, ma.

— ¿Gracias por qué? Si de todas maneras el desgraciado no te volverá a llamar.

—No lo digo por él sino por mí, quiere decir que tengo buen gusto.

—Pues no queda de otra, pero aún mi decisión es la misma. No te irás si no es vía Miami.

—Claro, eso no cambia. Tendremos que ir a Nueva York y de ahí a Miami.

—Se dice New York —corrige la madre—. No estoy convencida del todo. Las oportunidades en la vida sólo se presentan una vez. Supón que suceda algo.

La hija se asusta:

— ¿Cómo...?

—Que nos deporten. Las cosas allá son cada vez más difíciles para los inmigrantes hispanos... Sobre todo para los ilegales. En California ocurre una especie de cacería.

— ¿Y tú cómo lo sabes? Nunca has vivido allá.

—Ay, mi hijita, yo sé más de los Estados Unidos que la misma Biblioteca del Congreso en Washington.

—Uy, ma, me haces sentir orgullosa. No hay nadie como tú.

—Tú también, cariño, has aprendido a manejar el "tú" de una manera extraordinaria.

— ¿Como las venezolanas, ma?

— ¡Qué va, mil veces mejor que ellas!

Helena se levanta y se detiene frente al espejo:

—Ahhh, lo dices porque soy tu hija.

—No, no sólo lo digo yo. También lo dicen otras personas. Me lo comentaron las amigas adonde fuimos la semana pasada. También me lo dijeron en la tienda.

—Ahora entiendo a Elías. Esto sale natural, de pronto ni tú te das cuenta de cómo estás hablando.

—Claro, en otros países una tiene que aprender a hablar de otras maneras y en otros idiomas.

—May English is not bad. What did you say?

—Is perefect, honey. Tu inglés es magnífico. Estás lista para pertenecer a Miami.

—Sí, pero han pasado tres meses y no llama, ni escribe.

La madre quedó pensativa por unos segundos:

—Con su ortografía es mejor que no escriba. Tendrás que llamarlo tú... Si no resulta, pues nos iremos con mis ahorros y con lo de la venta de la casa. Haremos una nueva vida. Quién sabe, a lo mejor el tal Elías tiene razón, tal vez me case en Miami.

—Ma, la verdad es que no sé.

— ¿Qué no sabes?

—No sé si siga queriendo a Elías, ha pasado tanto tiempo.

—No es tanto.

—Pero tengo dudas.

—Cuando lo veas se te quitan. Verás que lo quieres como antes o quizá más.

—Es posible. ¿Y si no? No me gustaría engañarlo —Helena vuelve a sentarse al lado de la madre.

—Lo sé, hija —le contesta y le acaricia el cabello—, sé que tienes buen corazón. Las mujeres somos maravillosas y para nada, porque los hombres no se andan cuidando para meterse con otra o abandonarnos.

—Sí, pero no todos. Tiene que haber unos buenos, ma.

—Sí, los europeos y los gringos, porque lo que son estos latinos, son unos machistas...

— ¿Y tú estás segura de que todos los europeos y los gringos son buenos? Vi en televisión que un estadounidense mató a la mujer y se la comió a pedacitos. La guardó en el refrigerador.

—Eso lo hizo de puro amor, es una gran pasión.

— ¡Ma, cómo puedes decir eso! Es un asesinato. Vi que un español le pegó a su mujer, muerto de celos.

—Bueno... Hay sus excepciones, naturalmente.

— ¿Y cómo serán los de Miami?

El rostro de la madre se ilusiona:

—Ay, hija, tanto no sé, pero me los imagino con gafas oscuras; con la camisa abierta enseñando los vellos en el pecho; con sus bermudas de colores vivos... No, hija, un hombre vestido así, por fuerza debe ser diferente.

Helena también se muestra soñadora:

—Sí, me lo imaginé como si lo viera en una película.

—No, es necesario que llames a Elías. Tenemos que mudarnos para Miami. Yo nací para primera dama; si así hubiera sido, pasaría todo el tiempo en Miami. Nací para ser una gran señora, pero lastimosamente me equivoqué de hombre. ¿Ya ves? Los errores se pagan caro... El tal irresponsable de tu padre.

—Más vale tarde que nunca. Nos iremos. Te prometo que no han pasado dos meses cuando te mando traer.

— ¡Ese va a ser el día más feliz de mi vida!

— ¿Llamo? —cuestiona y mira hacia el teléfono.

—Pues sí, de todos modos no somos nosotras las que vamos a pagar la llamada. Sí, llamemos.

Afuera se escuchan gritos de indignación: el apagón ha reaparecido. Helena, con un reflejo insólito, se apodera de la linterna.

El debut de Elías

La exposición está preparada. Elías camina como caminan los que están exponiendo minutos antes de que se dé por inaugurada la exposición. Fuma uno y otro cigarrillo, revisa una y otra vez las esculturas. Las ve desde distintos ángulos. Sobresale la del manubrio de bicicleta, sin ninguna forma en especial en sí sino que llama la atención por la intensidad con que pintó el azul y el rojo.

—No estés tan nervioso —lo calma la propietaria de la galería—.Ten fe. Vendrá gente. Por esta galería han pasado pintores que ahora son millonarios, y escultores a quienes no les va nada mal. Este lugar es pequeño pero prestigioso. Expuse tu obra porque eres amigo de Laura. Ella es un encanto de mujer. No es fácil que me convenzan cuando el artista es completamente desconocido, como tú. Pero, bueno, apoyo el amor tal como hace muchos años me apoyaron a mí en Cali... Ella está loca por ti.

—Yo soy com-ple-ta-men-te-co-no-ci-do. En mi país soy muy bien conocido.

—Qué conocido ni qué conocido. Eso es allá, aquí no ganas nada con ser conocido allá. Lo que importa en Nueva York es ser conocido en Nueva York.

Elías habla bajito:

—Pero ayuda que en el país de uno la gente...

—No hay tal, eso no sirve de nada; ni siquiera los premios en el extranjero son tomados en cuenta aquí, claro, excepto los de algunos países europeos. ¿Quién te conoce en tu país?

—Bueno, la gente. Cuando he hecho exposiciones me han reseñado, he salido en las páginas sociales de todos los periódicos de allá, en fin...

La propietaria enciende y apaga una luz buscando la tonalidad perfecta:

—Mira, a mí no me vengas con cuentos que conozco bien América Latina. Todos son iguales, una manada de borrachos es la que te ha de conocer.

—Expuse en varios países —intenta explicar Elías pero sin ninguna convicción.

La mujer deja que la luz tenue caiga sobre una de las esculturas:

—Digamos que sí, ¿de qué te sirve aquí? Aquí eso no sirve de nada. Camina una cuadra y encontrarás artistas destacados en sus países y muchos otros y aquí no valen nada, porque no han triunfado aquí.

Un saludo masculino efusivo inunda el pequeño salón:

—Hola, todos, estoy interesado en comprar la escultura de los cachos de bicicleta —acto seguido se escucha una carcajada.

La mujer mira a Mario, no devuelve el saludo sino que mueve la cabeza de un lado a otro:

—No es el momento más oportuno para ese tipo de bromas. Mira cómo está de nervioso y tú contribuyendo. Bueno, regreso pronto. Debo revisar si los vinitos y quesitos están listos.

La mujer desaparece por una puerta trasera. Mario prepara la cámara, cambia el rollo y luego empieza a enfocar una y otra cosa probando un lente. Elías aprovecha que están solos:

—Tres meses y no ha llamado.

Mario le enfoca el rostro:

—Ya, córtala, te va a llamar. De seguro que la madre la está aconsejando hasta que llames tú. Así te doblegan.

—No la llamaré. Está decidido —afirma Elías fijando los ojos en el ojo de la cámara.

—Es lo mejor que puedes hacer. Yo que tú ya me hubiera olvidado de todo teniendo a Laura. Esa mujer está como ella quiere, man, ¿te estás quedando ciego? No deberías ni pensarlo para casarte.

—Eso podría decirte respecto a Janeth.

—Por lo menos yo ya lo estoy pensando —responde mientras enfoca una y otra escultura.

— ¿Es en serio?

—Claro que es en serio —Mario se deja la cámara colgando del cuello y mira de frente a Elías—. Ella no es culpable de la invasión a Panamá.

Elías frunce el ceño tratando de adivinar lo que él supone que es una broma:

—No le encuentro el chiste.

—No es un chiste. Tampoco es culpable de que los sandinistas perdieran el poder en Nicaragua, ni del asesinato de Salvador Allende, de que la guerra en El Salvador haya dejado tantas muertes, de los treinta mil desaparecidos en Argentina, de que Honduras se haya convertido en una inmensa base militar extranjera, de que Costa Rica se volviera cómplice de Estados Unidos, de que en Guatemala continúen maltratando a los indígenas...

—Eso es política; la política no tiene que ver con el amor.

—Claro que tiene que ver —exclama Mario sentándose en un banco—. ¿Cuántas veces a uno le gustó una muchacha y por ser de un país que consideramos enemigo o con deudas históricas hacia nosotros no la vemos como la mujer que es sino como la enemiga?

—Yo nunca he visto a nadie desde esa perspectiva, para mí la gente es gente.

—Claro, como te dijo el agente de inmigración, uno no debe ser tan cínico y hacer a Morazán y a

Hitler por igual. Tú tienes ese vacío que llamas apolítico y que no es sino cobardía de enfrentar la realidad.

Elías busca cigarrillos en su chaqueta, revisa las bolsas exteriores e interiores:

—Tal vez tengas razón, pero la gente es gente y los gobiernos son gobiernos. La gente sí puede amar, los gobiernos no, ellos están para odiar. Los gobiernos no quieren ni a sus mismos compatriotas; por supuesto, unos más que otros. Nuestros gobiernos latinoamericanos se caracterizan y sobresalen por odiar a su propia gente, ¿o no? Si no odiaran a sus compatriotas no robarían tanto, no venderían el país a extranjeros a precios irrisorios, no ordenarían a los ejércitos hacer masacres cuando los pueblos reclaman sus derechos... ¿Qué dices? La gente ama y los gobiernos odian. Un simple ciudadano no tiene ni voz ni voto contra un gobierno que va a cometer una atrocidad dentro o fuera de su país. Un pobre ciudadano no es más que eso, un pobre ciudadano.

Mario lanza una carcajada:

—Te felicito... ya veo que no eres vacío sino medio hipócrita. Acabas de dar un discurso político, apolítico.

— ¿Tienes cigarrillos? —pregunta Elías. Mario niega con la cabeza—.Volviendo al comienzo de la conversación, es cierto que Laura es bella, quizá más bella que Helena, pero no es lo mismo. Laura me gusta y a Helena la amo.

—No te pongas cursi, que hoy es tu debut en New York. Vas a entrar en contradicciones con tu trabajo. El irreverente autor de la escultura de los manubrios o cachos de bicicleta es un cursi. Decídete a no llamarla más o llámala y dile que venga por donde quiera, a fin de cuentas, ¿qué pierdes?

—La pierdo a ella, que venga por donde quiera menos por Miami.

Mario se levanta y mira hacia afuera, a la calle:

—Eres un artista talentoso, Elías, con la excepción de tu obra maestra El Cacho de Bicicleta; así que no puedes vivir traumatizado por siempre por una cosa tan insignificante como la que te pasó en Miami.

— ¿Insignificante? Si tú lo hubieras padecido no dirías lo mismo. Mi obra no se llama *El Cacho* ni *Manubrios de Bicicleta,* no, se llama: *Before the Future,* que según fiel traducción significa: *Antes del futuro.* Bello título, ¿verdad?

—Insisto en que aún estás a tiempo de no presentar esa cosa de tan mal gusto —dice dirigiendo los ojos a la escultura—. No olvides que en Nueva York reciclar es la ley.

—No, por nada del mundo dejaría de exhibirla —responde y vuelve a buscarse cigarrillos que sabe que no tiene—. Visité exposiciones y te repito, hay cosas horribles, digamos, basura. No, al menos a esta obra le di forma y la pinté.

—Está bien, está bien... Sólo te pido que delante de mí no le llames obra.

—Okay, como tú quieras, pero no me pidas que no la exponga. Es más, empieza a gustarme, sinceramente.

Mario se ríe contagiosamente:

—Espero que estés bromeando.

Elías ríe también:

—Sí, pues. Tampoco te pongas tan receloso con el arte.

—Aprovechemos que aún no hay nadie, aquí a la vuelta hay un bar, buscamos cigarrillos y tomas un trago para que se te vayan los nervios y los malos recuerdos.

Reciclar es la Ley

— ¿A dónde irían? —pregunta Laura.

—No sé —responde la propietaria—.Aquí los dejé. Se fueron sin avisarme. Afortunadamente parece que a nadie le interesa robarse las esculturas.

—Quizá fueron a un bar —opina Janeth—. Es una costumbre muy de artista.

La pequeña sala continúa llenándose. Laura habla con uno y otro visitante como si fuese la autora de las esculturas. La gente forma pequeños círculos de tres y cuatro personas y conversan de cosas alejadas del arte. El vino ha llegado a muchas manos. Algunos se detienen unos segundos frente a una escultura y se dirigen a otra con expresiones neutrales, sin muestras de aprobación o desaprobación. A Laura le calan hondo todas esas manías de los observadores de arte. Janeth espera también ansiosa el regreso del escultor, no por él sino por quien le acompaña: Mario.

Cuando regresan, a Elías le vuelve el nerviosismo que ya en el bar le había desaparecido. Le entra una vergüenza inexplicable por ser el artista que ha reunido a aquella gente. No quiere que nadie lo identifique. Piensa cómo debía actuar porque está seguro de que Laura lo presentará a varias personas. Después de todo, la principal responsable de que la exposición se realice y cuente con asistencia es ella. Al toparse con aquella gente aglomerada alrededor de su trabajo siente deseos de escapar.

Uno que otro espectador se acerca a saludarlo y él no lo cree, finge sonreír y sentirse feliz, pero no tan en el fondo se pregunta: "¿Cómo estará este mundo de sucio cuando uno es felicitado por recoger basura?".

Elogio de la Basura

Entra una pareja de dos tipos de las que se acostumbran en Nueva York, bulliciosa, riéndose de algo y pasando entre la gente con la magia de un Excuse me, seguidos por dos mujeres vestidas de negro y con zapatos negros, grandes, tomadas de la mano. Uno de los que se abre paso entre los concurrentes camina despacio frente a la escultura del manubrio de bicicleta. Si su vestuario casi lo delata como homosexual, su voz y sus gestos lo identifican por completo:

—What's this! —exclama colocando los dedos índice uno a cada extremo de la frente como si tuviese cuernos—. Ser un toro muuuu —hace como que va a embestir a su compañero, ambos ríen, él le dice—: ¿Qué pasa? Tú tienes que decir oléééé...

Laura, quien no está tan retirada de la escena, comenta:

—Lo que nos faltaba. Creí que esto iba a ser más solemne.

El homosexual se dirige a Laura:

—What's happening? Yo entiende un poquito de español —y vuelve a hacer el gesto de los cuernos simulando que va a atacar a Laura.

Ella sonríe:

—Are you crazy?

El asume una postura seria:

—Qué ser esa escultura.

—I dont know. Do you speak Spanish? —pregunta Laura.

—Un poco.

—Okay, pregúntale al artista.

—Where is he?

Laura le señala con la vista a Elías:

—Aquel que está allá.

Elías camina hacia ellos:

— ¿Me llamaban?

—Yes, ¿qué ser esto? —pregunta el homosexual casi tocando la escultura.

—Allí tiene el nombre —dice él por toda respuesta y dando a entender que es escaso su interés por conversar con nadie.

El homosexual se inclina para leer, luego ríe a carcajadas:

—*Before the Future.* ¿Pero qué ser esto?

—Es abstracto —contesta Elías medio amargado. El homosexual le guiña un ojo:

—Dime la verdad.

—Arte moderno.

Las chicas de negro, aún tomadas de la mano, siguen la conversación sobre la escultura. El homosexual ríe nuevamente:

—Cámbiale el título, ponle *Arte moderno.* Así yo te lo compro.

La conversación llega a su final porque los ojos de Laura invitan a los de los otros a dirigirse hacia la puerta de entrada, donde ha aparecido un hombre como recién sacado de una película, con sombrero, traje y zapatos blancos. Lo siguen dos tipos de traje negro con aspecto de guardaespaldas. El del sombrero blanco se acomoda las gafas oscuras y parece interesarse por observar las esculturas. Pasa de una a una; la gente continúa conversando, pero es raro quien no le lance una mirada disimulada al del sombrero. Este se detiene ante la escultura del manubrio de bicicleta. Se concentra como estudiando cada detalle, se quita los anteojos, los limpia. Vuelve a colocárselos. Y grita emocionado:

—Oh God! Oh, my God! I can't believe it! This is great, it's incredible, it's fantastic. Oh God —llama con un gesto a los guardaespaldas que no lo pierden de vista—. Come here, you guys! —y luego continúa con un español con mucho acento extranjero—. Vengan, muchachos. Esto es increíble. Vengan a ver qué belleza —y no sólo los guardaespaldas que se acercan, sino las demás personas—.Vengan, miren, it's so good, guys —se retira las gafas y lee, se las pone de nuevo—. But this is a terrific work. What do you think? Mira, es fantástico. Before the Future, es lindo título Antes del futuro. ¿Qué quiere decir? No me digan, que yo sé... Claro, yo sé. Antes del futuro. ¿Qué es el futuro? Es lo que no se mira. Lo que está allá —señala un extremo del salón—, lo que no se mira, lo que no sabemos si veremos. That's it. Oh boys...Y este work se llama Antes del futuro. ¿Y qué es el antes? Ése es el opuesto del futuro, es lo que quedó allá —gira hacia el otro extremo del salón—, es lo que ya pasó. Oh boys! Si no es el futuro y no puede ser el antes, entonces, ¿qué es? I know, I have an answer, tengo, tengo la respuesta. Si no es el mañana ni el ayer, este trabajo se llama el Hoy, el presente, en este momento —hace un ademán hacia la escultura—. Aquí estamos en el presente, destruidos, oxidados. Ese doblez significa los años, la vejez. El color rojo representa la infancia, cuando la mamá de uno nos daba jugo de tomate. Ese azul que está al lado del rojo, del niño, es el mar, el grande. O sea que cuando estamos niños ya estamos condenados a venirnos aquí por el mar, nadando. Ese niño rojo es dominicano...

El homosexual, sonriendo, asombrado, interrumpe:

—Why, why a Dominican?

El sombrero blanco le toca el mentón al homosexual:

—Well, well, bien que entiendes español, cariño. Porque yo tenía una novia dominicana. Estaba embarazada y se cayó bajando por una escalera descompuesta, you know?, en el building donde vivía. Llamamos a unos abogados. And you know what? Perdimos el niño y no conseguimos ni un peso. Y necesitábamos el niño para recibir mejor asistencia del gobierno, you know, welfare. El que más perdí fui yo, because ella me abandonó y yo no era nadie en ese tiempo, you dig?

El homosexual exclama boquiabierto:

—It's a fantastic story!

Algunos hacen gestos de incredulidad y la expresión de otros simplemente deja adivinar que consideraban al del sombrero blanco como un loco excéntrico. Éste dice:

—Ese niño rojo es dominicano, tiene que venir nadando para acá —busca con la mirada dentro de las gafas a alguien que pudiese atenderlo—. Me llevo mi niño. ¿Cuánto cuesta?

La propietaria se acerca, solemne, seria:

—Diez mil dólares, puedes pagar...

—No, no —ataja él—, yo pago ahora mismo. Right now.

La propietaria responde con toda naturalidad:

—Sólo puedes llevártela cuando la exposición termine. Para que otra gente pueda apreciarla.

Al escuchar sus palabras Elías está a punto de gritar que da por concluida la exposición; piensa que en cualquier segundo el comprador puede cambiar de opinión y no comprar nada. Hace esfuerzos sobrehumanos para aparentar que escucha la negociación sin inmutarse.

—No, no —replica el del sombrero blanco en un tono autoritario que no da lugar a discusión, y ordena con una señal a los guardaespaldas que carguen la escultura—. Lleven el niño a la limosina, pónganlo en mi asiento. Yo cargaré a mi niño.

Se escucha un murmullo, exclamaciones de sorpresa, sonrisas llenas de picardía. Un guardaespaldas le comenta al otro:

—El jefe está cada vez más loco.

El otro asiente:

—Imagínate, diez mil dólares por esto.

— ¿Quién ha de ser el tal artista?

—Ha de andar por ahí.

—Hijo de su chingada madre, que sí nació con suerte, ¿eh?

El sombrero blanco desaparece con la propietaria de la galería rumbo a otra pequeña pieza. El homosexual se lleva una mano a la boca:

— ¡Wow! I can't believe it. Ese man es un genio. He's a genius, un genio de sombrero blanco. Oh God!

Algunas personas felicitan a Elías, otras también a Laura porque es quien convocó al acontecimiento. Mario, atónito, mueve la cabeza de un lado a otro y abraza a Janeth como para sentir un poco de solidaridad ante lo que acaba de presenciar. Elías ha olvidado todo el discurso sobre el arte nuevo que escuchó en el bar. Está feliz y lo primero que le viene a la mente es que ya no existe obstáculo alguno para que Helena, por fin, esté a su lado.

Janeth felicita también a Elías, y luego regresa al lado de Mario. Él le reclama:

— ¿Por qué eres tan hipócrita? ¿Cómo es posible que lo hayas felicitado por ese manubrio de bicicleta?

—No fue por los manubrios, fue por los diez mil dólares. ¿Te parece poco? —y ambos ríen.

La Danza del Boleto

Si en verdad las mujeres tienen seis sentidos, la complicidad de madre e hija duplicó esa cantidad. Los aparentemente pobres cinco sentidos de Elías quedaron doblegados frente a aquella docena. Dado que tanto la madre como Helena empezaron a intuir que quizás él no volvería a llamar, la noche de la inauguración de la exposición intentaron comunicarse con él varias veces, pero nadie contestó en el 718. Esa misma noche, Elías, Laura, Mario y Janeth salieron a celebrar la venta de la escultura. Ninguno esperaba que fuese a venderse nada, mucho menos que Elías recibiría diez mil dólares, menos veinte por ciento que se adjudicó la propietaria como parte del convenio. Aun ocho mil era una suma inesperada. La euforia fue tal que Elías durmió por primera vez con Laura en el apartamento de ella. Hicieron el amor y él no tuvo tiempo siquiera para recordar a Helena.

El día siguiente a la exposición Elías no trabajó. El jefe le dio permiso y él se quedó en su apartamento, no sólo a reponerse de los excesos de la noche anterior sino a meditar qué haría con el dinero, a poner su vida en orden. El recuerdo de su gran noche anterior, de la belleza interna y externa de Laura lo llevaron a prometerse no llamar más a Helena. Pero no habían transcurrido quince minutos cuando sonó el teléfono. La operadora le informó que era una llamada por cobrar desde Tegucigalpa y él no dudó en aceptarla.

La amabilidad de aquella voz lo regresó en el tiempo como si recién acabara de estar con ella. Se sentía como una cascada que en una cinta cinematográfica es detenida, como si estuviese congelada, por un desperfecto mecánico y de pronto, arreglado el desperfecto, vuelve a fluir. El volvía a caer a través de la red telefónica que lo atrapaba como a un indefenso pez una mantarraya. Como su condición de que Helena no viniese por Miami fue aceptada sin oposición, él no vaciló en lanzarse. Y así ella le dio el plazo más corto que pudiese tenerse entre el ajetreo de solicitar visa y otros arreglos menores.

Después de colgar vuelve a sentirse felizmente encadenado a su pasado. Piensa en Laura y siente sólo un poco de tristeza por lo que la noche anterior viviera con tanta intensidad. Pero entre el complejo de culpa por la situación con Laura y la felicidad por la llegada de Helena, pesa mucho más este último sentimiento.

Helena invade de nuevo la casa de canto inmediatamente después de la llamada. La madre lo interrumpe porque la curiosidad le ha sustituido la piel:

— ¿Cómo estuvo todo, Helenita?

— ¡Listo!

El rostro de Helena necesita espacio para acumular tanta alegría:

—Todo está arreglado, tal como lo planificamos. Tengo que llamar la noche antes de irme.

— ¿Qué te dijo?

—Nada más me dio recomendaciones para el viaje. Que cuando llegara a inmigración, donde me revisarán el pasaporte, no haga fila para que me atiendan mujeres feas ni hombres feos, chaparros, gordos, pecosos o con anteojos gruesotes, nada de eso. Ni tampoco con gente de minorías étnicas como los chinos o negros. Según él, ésos tienen traumas debido a su fealdad o a su grupo étnico y toman venganza con los extranjeros. Es su única posibilidad de sentirse importantes; es el único poder que les ha concedido esta vida. ¿Tú que crees? ¿Podrá ser la fealdad la causante de que haya gente tan cruel?

La madre asiente:

—Hazle caso, pueda que tenga razón. La mayoría de esos agentes nunca ríen. ¿Y lo del boleto?

—Me dijo que en unos días viene alguien de su confianza y me trae un sobre con el dinero. Dinero para que compre mi boleto aquí, y otro para que lleve conmigo para mostrarlo en la embajada cuando solicite mi visa y también en el aeropuerto a mi entrada, pues dice que le piden a uno que demuestre si tiene con qué pasar unos días allá. Así que la próxima semana tendré en cash tres mil dólares.

La madre se sorprende:

— ¡Cuánto!

—Así como lo oyes. ¡Tres mil dólares! Vendió una escultura a un precio que en moneda nacional de aquí es una fortuna.

Dina ríe emocionada como pocas veces en su vida, toma a su hija del brazo y las dos cantan, ríen y danzan:

—I want to live in America / everything is free in America.

Aeropuerto Internacional de Miami

Oh God, qué aeropuerto, parece un sueño. Finalmente estoy en Miami. Ay, ma, pronto tú también estarás conmigo. Veamos... No... Esa vieja se ve muy bajita y con esa frente de amargada... No, no eres tú quien evitará que entre a Miami... Este negro es guapo y es alto, se parece a Mandela, bueno, digo, así ha de haber sido antes de que lo metieran preso, ¿por qué lo habrán metido preso? Estás muy guapo, negro, pero la fila está muy larga y me muero por salir a Miami... Este barrigón con ese montón de pecas, no, se parece a Archie, no me deja entrar por nada de este mundo... Ésa, no, ésa no, a ésa parece que le hace falta marido. ¡Qué lío, no! Ohhh, my God... Este es, uf, sí, se parece a Robert Redford en versión latina tres décadas atrás... Y la fila no está muy larga... Aquí mismo, ya me pesa esta maleta. No hay duda, mi Redford, me quedo contigo.

El agente es el mismo que dejó pasar a Elías. Con la vista fija en una computadora dice Next. Helena duda un momento: "Se me ha olvidado todo el poquito de inglés que sabía, ¿qué querrá decir next? ¿Por qué a todos les dicen Next? A lo mejor éste es el López y el Pérez de los Estados Unidos. Todo el mundo lo tiene antes o después". El agente dirige la vista hacia ella y repite next. Ella adivina que quiere decir que pase el siguiente. No se atreve a acercarse a la ventanilla. El agente le dice:
—Next... Usted, señorita.
—Sí, sí, gracias.
—Su pasaporte, por favor —examina la foto y la compara con el rostro de Helena. La mira a los ojos unos segundos. Ella se asusta—. Su boleto.

—¿Boleto?   —pregunta haciéndose la desentendida.

—Sí, para regresar a su país.

—Todavía no me voy, si apenas estoy llegando.

—Pero se necesita.

—Lo compraré cuando vaya de regreso.

—Eso es irresponsabilidad de la línea aérea. No deben vender sólo un boleto.

—Es que les dije que no lo necesitaba. Regresaré en un crucero.

— ¿A qué lugar de los Estados Unidos se dirige?

— ¡A dónde más! Claro que a Miami. Claro, estaré unos días y luego viajaré a New York.

—Miami es grande.

—Lo sé. ¿Es usted mayamense?

— ¿Cómo? —se intriga él.

— ¿Que si usted es de Miami?

El agente sonríe:

—Mayamense... Sí, claro.

— ¿Y aquí hablan español?

—Es el primer idioma de Miami, el segundo es el inglés.

Helena se siente en confianza:

—Es una ciudad muy linda, ¿verdad?

—Sí, eso dicen. A mi madre le fascina.

—A la mía también.

— ¿Ya sabe cuántos días piensa quedarse?

—No sé. ¿Cuántos me recomienda usted?

El agente sonríe confundido:

—Pero... No sé. Soy el menos indicado para recomendar algo.

— ¿Usted conoce bien la ciudad?

—Por supuesto. Te dije que soy de aquí.

—Primero me trató de usted y ahora me está tuteando, ¿por qué?

—A las damas las trato de usted y si me caen bien las trato de tú. Familiarmente.

—Y mi mamá me dijo que aquí no había machismo.

El agente, más que revisar el pasaporte estudiaba el rostro de ella como queriendo saberle toda la vida:

—Eso no es machismo.

— ¿Qué es?

—Es ser gentleman, caballero.

— ¿Y yo puedo tutearlo a usted?

—Me sentiría halagado...

—...y después no me deja entrar por haber tuteado a la autoridad.

—Cómo se te ocurre. Eso aquí es muy normal. Mucha gente que no conozco me tutea.

—No, puede ser una trampa.

— ¿Trampa... para qué?

—Para no dejarla entrar a una.

—No. Yo no estoy aquí para detener a nadie sino para hacer cumplir la ley.

— ¿Y qué dice la ley de mí?

—Que tus papeles están en orden, excepto el boleto. Ella abre la cartera y extrae dinero:

— ¿No podría comprármelo usted en un momentito por ahí que...?

El se sorprende y la interrumpe:

— ¿Tú qué piensas? ¿Que aquí es mi casa? Estoy trabajando; ¿cuánto dinero traes?

Ella vuelve abrir el bolso y extrae nuevamente los billetes:

—Ya, no es necesario que los muestres. ¿Tienes familia en los Estados Unidos?

—No. Oiga, ¿qué hotel me recomienda?

— ¿Es tu primera vez en Miami?

—Es mi primera vez fuera de mi país.

— ¿Nadie te espera aquí?

—No. Nadie.

— ¿A qué vienes?

—A pasear. A conocer Miami.

— ¿Cómo te atreves? ¿No sabes que es peligroso que andes sola y sin conocer a nadie?

—Qué, ¿Miami es peligrosa?

—No, no sólo Miami sino cualquier ciudad grande del mundo es peligrosa para una muchacha sola.

—Creo que usted me está metiendo miedo para no dejarme entrar y que yo no proteste.

—No sería capaz de hacerte algo así. Me caes bien.

—Usted también. Parece buena gente. Aunque dicen que los de inmigración... Él se pone a la defensiva:

— ¿Los de inmigración qué...?

—Es lo que dicen.

—- ¿Qué dicen?

—Que tienen que cumplir un requisito.

— ¿Qué requisito?

—No saber reír.

Él creía que lo acusaría de algo más grave, por ello al saberlo sonríe, aliviado:

—Ya ves que sí. No todos somos iguales.

—Pero la mayoría...

— ¿Has tenido alguna mala experiencia?

—No, ya le dije, es la primera vez que salgo de mi país, pero eso se comenta en todas partes y sale en las noticias.

—A veces las noticias son inventos.

—Lo sé. Sin embargo, usted parece buena gente.

—Lo soy. Vamos a hacer algo, no puedo recomendarte hotel ni nada porque estoy en horas de trabajo. Y mira la fila que tengo. ¿Sabes qué? Toma un taxi, que te lleve a la dirección que voy a anotarte aquí. Es un restaurante muy seguro y de calidad. Pide lo que quieras, yo pagaré al llegar. ¿Quieres esperarme ahí?

—Claro, no conozco a nadie. Sinceramente ya comienzo a agradecérselo.

El agente le sonríe mientras sella el pasaporte:

—Bienvenida a Miami. Esto significa que ya estás dentro de los Estados Unidos.

Ella le devuelve la sonrisa:

—Ahora sí puedo tutearte.

El agente quiere decir algo que le asegure que ella lo esperará en el restaurante. Se siente un tanto descontrolado y por un segundo duda en decirlo pero lo dice:

—Eres muy bella, no faltará quien te hable, pero ten cuidado, no todos son como yo de buena gente.

—Buen agente, ¿qué le digo al taxista?

—Nada, sólo dale la dirección. No te costará más de veinte dólares. Oye, ¿eres capaz de esperarme tres horas o un poquito más hasta que termine mi turno?

—No conozco a nadie. No sabría qué hacer, no voy a desperdiciar a un guía mayamense. Te esperaré.

John F. Kennedy (Aeropuerto)

Habían pasado dos meses desde aquella noche en que estuvo en el aeropuerto John F. Kennedy de Nueva York corriendo, como torero que perdió la capa, de una computadora a otra revisando la llegada de los vuelos, preguntando una y otra vez en las oficinas de la línea aérea, dando el nombre y apellido de Helena con la insistencia de un predicador que repite el de Jesús a un ateo en potencia. Desde esa noche su vida emprendió el rumbo que él no quería cederle.

Comenzó a sentir que ya todo estaba perdido, que había sido víctima de su propia obsesión, que la balsa se desintegraba y sólo tenía a su alcance un salvavidas, el cual, si no se apresuraba a afianzarse de él, se le iría arrastrado por las furiosas olas desatadas por la tempestad. Laura, su salvavidas, se distanciaba cada vez más de la balsa. Estaba aprendiendo a temerle a la inestabilidad de su tripulante.

En un principio creyó en tantas cosas que justificaran la no llegada de Helena: cambio de fechas del viaje, negación de la visa, el dolor de la separación entre madre e hija. Llamaba a Tegucigalpa y el teléfono gritaba y gritaba como un náufrago en medio de la tempestad por el cual nadie llegará al rescate. Fue hasta casi dos meses después que finalmente Dina decidió tomar el auricular. Elías se alegró pero por tan escasos segundos que esa alegría no tuvo tiempo de registrarse en su corazón. Dina le contestó con un: "Ah, eres tú" capaz de enviar a cualquiera al suicidio. A renglón seguido le dijo que por Helenita no se preocupara, que ella estaba muy bien, que pronto se comunicaría con él. Y que si ya la estaba olvidando, hacía muy bien en continuar haciéndolo hasta lograrlo al ciento por ciento. Y colgó.

Náufrago en busca de salvavidas

Después de una semana de una ingestión intensa de alcohol, de los regaños esporádicos de Mario, pues éste prácticamente se había mudado con Janeth, decidió reencontrarse con Laura; no como compañeros de trabajo que apenas se saludaban, como lo venían haciendo desde el día en que él le anunció la llegada de Helena, sino como pareja que intuye que la vida les presta una autopista para la reconciliación.

La invitó a otro restaurante, a uno japonés. Quizá la receta milenaria de los japoneses aportaría esencias para estimular la química entre parejas que se quieren pero que por equis razón están distanciadas. Después de una hora se dio cuenta de que los japoneses perdían la batalla con Laura. Ella apenas hablaba, bajaba con tristeza la mirada hacia el mantel; pero, por otro lado, no ejercía su libertad de marcharse. El hecho de que se quedara significaba que, fuera como fuera, le gustaba estar ahí.

Era difícil para Elías —y aun para quien escribe estas líneas— descifrar la tristeza de Laura. Sin duda, oscilaba entre la actuación y la realidad. Al fin y al cabo no era ni la primera ni la única mujer que tenía esa superhabilidad de entristecerse de muerte sólo con el fin de hundir en el pozo del complejo de culpa a su pareja, y hacerla retroceder, pedir y repetir la petición de perdón, hincarse buscando el indulto, implorar la amnistía, en fin, rogarle porque el engaño marital no aparezca en el informe anual de los Derechos Humanos.

Nadie, ni siquiera el más ingenuo de los lectores, podía creer en la tristeza de Laura, puesto que ella se presentó tan capaz de amarlo como de abandonarlo si aparecía Helena. Y el común de la gente no cree que en el amor pueda existir ese tipo de negociación. Por ello la intuición de Elías le decía que no debía creer del todo en la tristeza de ella. Pero como tampoco nadie ha logrado definir el amor a ciencia cierta, quedaba abierta de par en par la ventana de la posibilidad de que su tristeza en ese restaurante japonés fuera auténtica.

Elías no se atrevió a hablar mucho sino hasta que ya la primera botella de vino estaba casi vacía. Sin saber cómo le dijo que lo sentía, pero que ella realmente le gustaba y que a veces creía, incluso, que la amaba. Laura no confiaba en esa confesión, puesto que apenas unos días antes a Elías se le había iluminado el rostro, su alegría parecía eterna y hasta su capacidad de aprender inglés se multiplicó con la noticia de que la fecha de la llegada de Helena era algo concreto. Ni Laura, ni nadie, creería ese vuelco tan repentino del amor. Por regla general el ser humano piensa que el amor es un proceso lento. Existen parejas que no empiezan a enamorarse en verdad sino hasta después de una década de romance. Sucede que el amor tiene esa extraordinaria capacidad imitante que puede confundirse con deseo, afinidad, admiración, el simple hecho de gustarse uno a otro, y tantas cosas más.

Ni Laura ni Elías creían el uno en el otro, pero algo provechoso debía depararles la vida para que ambos, sin inmutarse, fingieran hacerlo. Él le repitió que la amaba. Ella le tomó una mano porque por intuición sabía que a través de las manos podía saber hasta dónde era sincero. Las manos son el auxilio de la voz. Las palabras combinadas con las manos suelen decir más, ser más eficaces. Si la boca miente las manos la delatan. Y ella se dio cuenta de que él no le estaba diciendo mentira ni verdad, porque la mano que tenía tomada con la suya más que una mano parecía un guante.

Y así pasaron las horas entre monosílabos, ocupándose continuamente los labios con las copas para justificar sus silencios. Llegó el momento de irse y de esa cita los únicos que obtuvieron ganancias fueron los japoneses.

Si el amor fuese una corriente literaria

¿Quién reconocería a Mario? El solitario, rebelde con o sin causa, contradictorio por excelencia, quien no tomaba en serio al amor, ni tampoco a la vida. Tal vez era por ello, por no tomarse la vida tan en serio, que no la contradecía y, la vida, agradecida más que la muerte (como debe ser) lo premió llevándolo al camino donde se encontraba Janeth. Ese amor que, por sus circunstancias, más apetitosas hacia la carne que a la perennidad, se convertía paso a beso en un amor de verdad.

Si hubiese que enmarcar el amor en una corriente literaria, sin duda, debería ser en la sátira. Los que buscan formalmente, serios, firmes, el amor de su vida, casi por ley terminan en el fracaso. Han medido todo: cuántos hijos tendrán, dónde vivirán, dónde pasarán la luna de miel, dónde las vacaciones, qué hacer en los aniversarios de boda y todo tan metódico. Tampoco se descuida el lado afectivo: libros o sicólogos para evitar pleitos, cómo conducirse cuando los hay, en fin, esos hogares que pasan a ser un remedo del Paraíso.

Así a simple vista, los miembros de una pareja dan la apariencia de estar predestinados a estar juntos por los siglos de los siglos. Y, de pronto, un desnivel del método puede derrumbarlo todo con la misma brevedad que un terremoto de gran magnitud destruye una ciudad. Todo se viene abajo como cumpliéndose una condena por haberlo calculado todo; como sufriendo una sacudida del destino con la que éste reafirma que planificar todo tan metódicamente es como retarlo a él, como burlarse de los caminos de la vida. Y de ahí sólo quedan las cenizas y los comentarios típicos: ¿quién iba a creer que un matrimonio así podía desmoronarse con la desesperación que contradice la paciencia con que fue hecho, con la velocidad que contradice la lentitud con la cual fue edificado, con el odio que contradice el supuesto amor que existía? Seguramente porque existía de todo, menos una buena plataforma, un buen cimiento sobre el cual edificar. Un amor de cálculos que olvidó calcular que a medida que los años pasaran el edificio necesitaría nuevos pisos, a medida que al edificio le cayeran los años su frágil plataforma sería insuficiente para equilibrarse frente a la fuerza de la gravedad. Ésa sería una gran sátira del amor, si fuese una corriente literaria.

En cambio, algunas parejas, como la que conformaron Mario y Janeth, nacen de la nada. Y se envuelven entre sí sin el afán de llegar a ningún sitio, sino por tenerse uno a otro como ejércitos aliados, más aliados que amigos, unidos por una causa que, en el caso de las parejas, es combatir contra la soledad. Pero algunos van más lejos de ahí, como fue el caso de Mario y Janeth, quienes ni siquiera se unían contra la soledad porque, aunque eran solos, estaban tan acostumbrados que no tenían conciencia de que eran gente sola. El hecho de juntarse fue lo que los llevó a autoexaminarse y a descubrir que antes estuvieron solos. Descubrieron su soledad cuando carecían de ella, por ello no la padecieron. Sin saberlo ni sospecharlo comenzaban a edificar desde más allá de la nada: descubriendo simplemente que eran solos y encontrándose con la magia de que ya no lo eran. Desde ahí, desde lo profundo, estaban —sin ellos saberlo ni intuirlo siquiera— construyendo la plataforma en donde se podía edificar con solidez, pues lo hacían a destiempo: sin prisa ni lentitud, sin desesperación ni paciencia, simplemente vivían para estar uno junto al otro, sin el sacrificio y el sudor que conlleva el mal retribuido trabajo de la construcción.

Mario y Janeth eran una pareja contenta, tanto que no se enteraron de en qué momento llegaron a ese estado. Una pareja que con sólo verla cualquiera podría cometer el error de asignarles un corto periodo juntos, cuando en realidad sus vidas los llevaban a la casi eternidad. Y es así también que, al Mario y Janeth vivir felices sin habérselo propuesto, se demuestra una vez más la vocación del amor por la sátira.

Consejo Inolvidable de O. Henry

—Bien dicen que el marido es el último en enterarse—declara Elías sentado en la única cama del apartamento. Mario lustra sus zapatos, les pasa el cepillo una y otra vez no convencido de que no pudiera sacarles más brillo:

—A lo mejor no te convenía.

—Imagínate...Yo desesperado y la hija de...

—Ya, olvida eso. Han pasado tres meses, no vas a estar toda la vida hablando de ella. Latinos. Latinos éstos que son tan apasionados.

Elías se sirve un trago de whisky de una botella apenas abierta y le sirve otro a Mario:

—-Janeth también te está haciendo renunciar a tu latinidad. ¿Por qué será que a los latinos nos cae todo lo que se supone que son defectos? Que borrachos, que bulliciosos, que machistas, que apasionados, en fin. ¿La pasión será mala? A lo mejor no. Si fuera mala, ¿en qué quedaría la pasión de Cristo? Y tal parece que Cristo no era latino. Yo creo que es buena, hace crear a los artistas; si no, ¿cómo te explicas las obras de Shakespeare, la oreja de Van Gogh, el suicidio de Edgar Allan Poe? Y ellos no eran latinos.

—Tienes razón, ¿quién más machista que Otelo? Creo que los hombres latinos debemos emprender un movimiento mundial en contra de las etiquetas que nos han impuesto. ¿Por qué no dicen que somos buenos padres, que nos encanta la unión familiar y nos sacrificamos por ella? Elías sonríe satisfecho:

—Ahora sí estamos hablando. Entonces, ¿cómo quieres que olvide lo que me hizo Helena? ¿Sabes qué? Otro hombre ya habría tomado un vuelo hacia Miami en busca de venganza. Pero yo no soy de ésos.

Mario deja los zapatos en paz y busca su trago:

—Mejor que sea así, porque no lograrías nada, quizá terminarías preso o muerto. De todos modos, Miami es grande y, aunque quisieras, no darías con ella.

—Claro que sí. Tengo su dirección, venía en la carta que me envió. Imagínate, ni eso cuidó, no darme su dirección. No hay duda de que me conoce bien...

—Deshazte de esa carta. Yo que tú ni la habría abierto.

— ¿Por qué no? No me iba a quedar con la duda, creyendo sólo lo que me decía la gente desde Tegucigalpa, que la mamá ya se había ido con ella para Miami.

Mario ríe, sorbe un trago para esconder la risa pero no lo consigue:

—Disculpa que me ría pero es inevitable, te hicieron una jugada espectacular las mujeres ésas. No podemos negar que son muy astutas.

Elías envía a su interior de un solo trago el whisky que le quedaba en el vaso:

—El idiota soy yo, merecido me lo tengo. ¡Enviarle tres mil dólares! Es el colmo, sólo a mí se me ocurre. Uno cuando está enamorado se pasa de imbécil. La verdad es que pude pensar cualquier cosa, incluso que podría venir por Miami, pero eso de que se quedaría allá ni se me cruzó por la mente.

—La culpa es tuya. ¿Por qué no me pediste asesoría? ¿Para qué le dijiste que buscara al agente más apuesto? Sobre todo sabiendo que es bella, porque en esas fotos que me has enseñado... cualquiera peca... Pero trata de ser un poco objetivo. Ese agente te dejó entrar a ti aun cuando legalmente no debió hacerlo. ¿Cómo ibas a recompensarlo tú? Nunca te has puesto a pensar en ello siquiera. Así que, ya ves, dan darán dicen las campanas, y la recompensa le cayó del cielo, qué pena que fue con la mujer que tú esperabas. Se te adelantaron, bro.

—Yo sé que tuve bastante culpa, pero no era para que Helena me hiciera esto.

—No fue Helena.

—Claro, el binomio, la bruja de la mamá y ella —comenta casi con odio.

Mario da un sorbo, lo saborea:

—Tampoco.

Elías se desespera:

— ¿No pretenderás acusarme de que yo me dañé a mí mismo?

—En parte, pero no del todo —al decir esto Mario se acerca a la botella a servirse un nuevo trago y esta pausa inquieta a Elías—. Quien en verdad se vengó de ti fue la ciudad. Uno no debe hablar mal de ninguna, porque las ciudades tienen vida propia y ellas saben quién las quiere y quién las ofende. ¿Sabes dónde aprendí esto? Pues en un cuento de O. Henry, *The Voices of the City,* que en su traducción se llama *Cómo nace un neoyorquino.* El afirma eso acerca de las ciudades. Por eso yo amo a mi New York y siempre que puedo le doy un beso, le digo buenos días, hablo bien de ella y la defiendo. Y mira, tengo casi siete años de vivir aquí sin tragedias y sin penurias económicas. Gracias a mi bella New York, sin ti no sería nadie —se asoma a la ventana y lanza un beso al aire.

— ¿Tienes el libro?—Sí, es una traducción al español. Léelo para que no te vuelva a suceder. Además, es nuestra obligación leer a O. Henry, él vivió en nuestro país. ¿Qué te parece New York?

Elías se defiende:

—No, no, no, yo nunca, a nadie le he hablado ni una palabra en contra de New York. Es fascinante. Me gusta. Mario lo mira como quien dicta una sentencia:

—Más vale que seas sincero, las ciudades detectan fácilmente a los hipócritas.

— ¿Y por qué no me dijiste eso antes? Quizá mi actitud hacia Miami hubiera cambiado... A lo mejor tú y O. Henry tienen razón. Mira que Helena y la madre pasaban hablando bellezas de Miami y consiguió esposo en el mismo aeropuerto. Dicen que él es muy bueno...

—... si te dejó pasar a ti —responde Mario con ironía—. Además, no puedes quejarte de tu suerte, la ciudad te ha tratado bien. Recuerda los diez mil dólares del cacho de bicicleta.

Elías abre la nevera y se sirve hielo:

—Que quedaron en cinco mil con lo de la propietaria y lo de Helena.

Mario se encoge de hombros:

—De todos modos te los hallaste en la basura.

—Vendí una obra de arte —contesta desalentado.

—Elías...

—Algo le vio, por eso la compró. Tal vez el arte no existe, sólo hay que darle forma a lo que sea y que el ser humano le dé su propia interpretación. A lo mejor no hay arte, sólo pretextos. Nosotros hacemos el pretexto que el ser humano necesita para ponerse a pensar. Quizá ni piensan, sólo despiertan algo que ya tenían armado en su cerebro. Es posible que el arte sea el pretexto para expulsar esas ideas que desde siempre han estado armadas en el ser humano sin saberlo él mismo. A lo mejor sólo somos la causa, y el espectador es el efecto, su propio efecto. Quizá no somos artistas, simplemente somos fabricantes de pre-textos.

Mario sonríe complacido. Sin saberlo él es el original que buscaba el original en ciernes que había en Elías. Ni cuando se conocieron en Tegucigalpa ni en los meses que habían convivido juntos lo había escuchado reflexionar de manera tan iconoclasta, cosa que le encantaba:

—Puede ser... El arte es indefinible. Puede que sí sea así como lo has planteado... Tal vez en el futuro el arte será totalmente diferente. Te invitarán a una exposición de pintura, por ejemplo, y aparentemente no habrá nada, sólo paredes vacías, vino y queso. Los espectadores, cada uno como lo desee, dispondrán de esas paredes vacías para crear en su imaginación su propia obra de arte, su propia pintura. La pre-ocupación del pintor será entonces conseguir que le presten o renten espacios vacíos y colocarle títulos a las aparentemente invisibles pinturas. Imagínate, será un estado superior del ser humano. Ojalá que sea así para que la venta de tu cacho de bicicleta no sea una estafa. Porque el arte es como las ciudades: no le gusta que se burlen de él.

—No me metas miedo, tú ya sabes que soy hipocondriaco.

Mario hace sonar el hielo dentro de su vaso:

— ¡Esa es la palabra! Hi-po-con-dri-a-co, por eso se te fue Helena.

El rostro de Elías retrocede de la paz aparente que había conquistado y vuelve a aquella miserable condición de desolación:

—No fue mi culpa sino que la deslumbre el uniforme del agente de inmigración. Eso qué importa ya... pero la carta, mejor no me hubiera escrito. Mario se aproxima al espejo y se revisa el cuello de la camisa:

—Rompe de una vez esa carta, rompe con el pasado. Hay tantas mujeres bellas, inteligentes aquí, bueno, Laura.

Elías busca en el pequeño estante de libros un portafolio, lo abre, extrae un sobre y saca la carta:

—Tienes razón, lo haré ahora mismo. La leeré por última vez y la destruyo.

—En voz alta y sin llorar —sonríe Mario—. Quiero escucharla otra vez.

Elías busca la botella de whisky, la alza a contraluz, está casi a la mitad. Le sirve a Mario y se sirve él, tragos exageradamente grandes. Levanta el vaso, su amigo lo imita y los chocan:

—Este brindis es por la lectura final —anuncia solemne—. Luego quemaré esta carta —y da un trago como intentando ahogarse—. Dice así: Miami día tal del mes tal del año y todas esas bobadas. De ahí comienza:

Querido Elías:

Me imagino que será una sorpresa, aunque no muy agradable, recibir mi carta. Sé que no fue correcto lo que hice, dejarte esperándome en el aeropuerto. Imagino que pensaste lo peor, digamos. Lo sé porque mi madre me dijo que llamaste desesperado. Lo siento.

Al llegar a Miami pensé bien en lo nuestro, y en verdad que siempre te he querido como el hermano que no tuve. Entonces, no valía la pena que fuera a New York, si aquí encontré al hombre que quiero. Claro, a ti te quiero, pero como ya te dije, como a un hermano.

Le dije a mi esposo que tú eras un primo mío que vive en New York. Se alegró y me pidió que te dijera que podías visitarnos cuando quisieras, solo, con tu novia o esposa. Esta es tu casa.

Le dije que eras mi primo por si se te presenta algún problema de inmigración, él puede ayudarte aunque sea asesorándote. Además, como sus raíces son latinas, no deja de ser celoso y medio machito, pero no mucho. Así que si le cuento lo que hubo entre nosotros, lo más probable es que te deporte de inmediato. Es celoso, bueno, es cubanoamericano.

Has de pensar que te debo tres mil dólares. Yo también lo pensé en un principio y quería pagarte, pero mamá me convenció de que los hombres y mujeres somos como dos ejércitos diferentes, adversarios. Tú eres un soldado masculino, y yo soy una soldado femenino. Tú perteneces al ejército al que pertenece mi papá, y yo pertenezco al mismo de mi mamá. Así que tu compañero, mi papá, engañó a mi madre haciéndola sacar su dinero del banco y abandonándonos. Entonces yo me quedé con tu dinero como venganza por lo que tu compañero de ejército, mi papá, le hizo a mi compañera de ejército, mí mamá. En otras palabras, estamos en paz, estamos empatados. Una batalla ganó tu ejército y ahora nosotras ganamos una. Comprendiendo bien esto, sé que no tendrás ningún rencor hacia mí.

Así que, como dijo un gran soldado de nuestro país: "Implacables en el combate, generosos en la victoria". No olvides que puedes contar conmigo. Escríbeme, por supuesto, a nivel de primo. Mi madre y yo estaremos felices de tener noticias tuyas.

Take care,

Helen

P. S. Mamá te manda besitos. ¿ Y sabes qué? Se va a casar. Tienes que venir a Miami. ¿OK?

Aunque lo hubiese intentado Mario no habría podido contener el arrebato de carcajadas que lo poseyó, tal como le sucedió la primera vez que la escuchó. Ante ese espectáculo Elías se desconcierta, sonríe a medias, mira la carta y vuelve los ojos a Mario, quien, frenando la risa hasta donde la posibilidad se lo permite, le dice:

—Deberías regalarme esa carta. Si fracaso como fotógrafo me dedico a novelista, cuento tu historia, carta incluida, y te aseguro que tengo mucho éxito.

Elías comienza, muy despacio, a convertir la carta en pedacitos:

—No es gracioso.

Mario descuelga la cámara de una pared y la prepara para darle uso:

—No botes la carta todavía. ¿Sabes qué? Cuando termines de romperla ponte de pie, lanza los papelitos al aire como cuando la selección argentina de fútbol fue campeona mundial por primera vez. Justo allí te tomo la foto.

Elías continúa sentado en la cama:

— ¡Estás loco! Deja de bromear.

Los ojos y la voz de Mario no bromean:

—No, en serio, será una foto fantástica, una foto histórica.

—No estoy de humor, man.

—No, Elías, no se trata de que estés de humor o no; además, eso no sale en la foto, sino que has pasado tanto tiempo frustrado por esa relación y hoy, por fin, has roto con tu pasado. Tal vez ahora te parezca absurdo, pero con el tiempo la idea te va a gustar y te va a divertir. ¿Quién sabe? Si la fotografía me queda bien, de seguro algún día la usaré en una exposición con un título como "El hombre nuevo". ¿Te parece?

Elías hace un gesto de renegado que no obstante está dispuesto a cumplir con lo que se le pide:

—Okay.

—Yo te aviso... Ahora... Lanza los papelitos... Lánzalos sobre tu cabeza... ¡Wow! ¡Fantástico! Es genial. Amerita otro brindis.

—Espero que no me pidas que barra también.

—No, no, yo barro, no te preocupes. Esta fotografía sí es una obra maestra, porque detrás de esa carta se esconde toda una historia. Puede ser lo mismo con tus manubrios de bicicleta...

Elías ríe sin risa:

—Ahora vas a justificar mi escultura de la basura.
¿Y tú qué sabes? No sabemos la historia de la bicicleta, quizás en ella se mató uno o le salvó la vida a alguien, o tal vez la bicicleta atropello a alguien o era un regalo que le dio la novia al novio y a éste lo mató un auto nomás estrenándola. Entonces no es una historia de bien.

A Mario nada ni nadie le derrumbaría el optimismo:

—Podría ser, pero me suena cursi. Tal vez, más bien, la bicicleta era de un chinito o un mexicano de un restaurante de Manhattan, y la ocupaban para hacer entregas a domicilio, y se la robó alguien del Bronx y la vendió, a quien la compró se la robó uno de Harlem y a éste se la robó uno de Long Island, quien la fue a vender al mismo chinito o mexicano del restaurante de Manhattan, y a éste se la volvieron a robar pero esta vez uno de Brooklyn...

—Ya, es una historia tonta —interrumpe Elías—. ¿Para qué sirve?

—Para demostrar que la vida es circular, toda es un círculo por donde todos vamos rotando.

El escultor vuelve a ser él, se sirve una vez más:

—Oye, consejo de hermano, no te metas a filósofo que te van a lanzar del Empire State.

—Es que estoy en estado de shock. Había perdido la esperanza de que romperías con tu pasado.

— ¿Qué quedaba? Helena se casó de un día para otro, y hasta la vieja ésa, la mamá, se va a casar en Miami.

Mario dice salud con un gesto y comenta:

— ¡Qué bien! Deberías alegrarte. Te dije que la vida era circular, ¿eh? Ahora la vieja empezará a sufrir porque se va a casar con un viejo neurótico.

—¿Cómo lo sabes?

—No sé, lo intuyo. En Miami abundan los viejos neuróticos.

—También puede ser que haya viejos que no lo sean.

—Ésos están casados.

—Allí está el asunto —dice Elías emocionándose—cuando la vieja se case, se le va a pasar la neurosis al viejo.

Mario queda meditabundo:

—No había pensado en eso. Lo siento por ti, mi brother, de momento la vida no te da la oportunidad de vengarte.

Elías sonríe con tristeza:

—Lo que pasa es que no tengo derecho a venganza, yo fui la venganza de ella por lo que le hizo el papá de Helena.

—¿Y por qué tú? ¿Qué tenías que ver con eso? ¿No dices que ni en fotos lo conociste?

Elías sorbe un poco de whisky:

—Allí está el dilema. No lo sé. Quizá porque a lo mejor estés en lo correcto, tal vez la vida sea circular. Es posible que la teoría de la vieja no sea tan del todo descabellada, ésa del soldado masculino y el soldado femenino.

—Pues no te queda más, como se dice aquí, que echar pa'lante...

El escultor suspira:

—Sí. Me siento un veterano.

—Córtala, me vas a hacer llorar.

De pronto el rostro de Elías cambia como a quien se le ilumina un camino oscuro:

—Oye, ¿si uno se casa con una mujer nacida aquí, de padres latinos, puede conseguir una Green card?

—Pues claro.

—¿Si uno se casa sin amor el juez lo descubre a uno, digamos, se nota en la mirada?

—No creo. Los jueces nunca pasan pendientes por ello. Y aunque se den cuenta, hay muchos casos de parejas que se casan por los papeles de trabajo y terminan enamorándose, queriéndose. Así que en esto nunca se sabe.

— ¿Cuánto costará un traje completo?

Mario abre el guardarropa:

—Mira, nuevecito, te lo regalo. Con éste te puedes casar las veces que quieras. Y hablemos en el camino porque imagino que me vas a acompañar. Voy a una fiesta con Janeth y Laura. Ella no puede estar sola ni yo puedo andar exponiendo mi vida con dos mujeres tan bellas.

En el semblante de Elías hace presencia el fantasma de la duda. Mario insiste:

—Déjate de cosas. Hoy has roto con el ayer y tenemos que celebrarlo, ¿y qué mejor que con nosotros, digo, con Laura? Ve a darte una ducha y vístete. No bebas más que ya estás medio borracho, y yo también.

Elías comienza a desabotonarse la camisa:

—Oye, si tú te casaras, o, más bien, si yo me casara, y te pidiera como amigo, como hermano, un consejo, ¿me lo darías?

Sin darse cuenta, Elías ha encontrado su original del que poco a poco se estaba alejando para dejar su condición de original en ciernes tirando a copia pálida. Mario contesta:

—Sin que tú me lo pidas te lo doy, ¿qué pasó?

—Si tú te casaras —menciona con la pausa que produce la embriaguez—. Digamos, más claro, si yo me casara. ¿Dónde me aconsejarías pasar la luna de miel? Por supuesto, fuera de la ciudad de New York.

Mario piensa unos segundos. No contestó sino que examina los títulos de su pequeño librero, toma uno y lo lanza sobre la bolsa de dormir de Elías, quien se aproxima para enterarse de que se trata de una colección de cuentos de O. Henry:

—Depende, ¿te casarías en verano o invierno?

—...Ummm... Quizá ya llegando el invierno.

Mario sonríe con malicia:

—Espérate... A ver qué se me ocurre... ¿Sabes qué? Tiene que ser un lugar que le guste a Laura, porque ella te ama y me dijo que no le importa correr el riesgo. Y si lo dijo es verdad porque yo la conozco muy bien, desde hace mucho... ¿Qué te parece, digamos... Miami?

Manhattan, New York 2000.

Made in the USA
Lexington, KY
29 September 2014